Cuentos del Taller de Escritura de "El Ojo de la Cultura" 2017

2017. Derechos exclusivos de EL OJO DE LA CULTURA
www.elojodelacultura.com
edzattara@gmail.com
+44 7425236501
Portada: Foto de Enrique Zattara

Prohibida la reproducción total o parcial de esta obra sin autorización expresa del autor o editores.

Todos los derechos reservados.

Martín Belzunce, Patricia Cardona, Lester GeMedina, José Luis Gutiérrez Trueba, Diana Huarte, Tania Mujica Romero, Santiago Peluffo Soneyra, Silvia Rothlisberger, Denisse Vargas Bolaños, José Zavala y **Enrique D. Zattara**
(Coordinador)

VISITANTES

EL OJO DE LA CULTURA

Introducción

El proyecto cultural multimedia **El Ojo de la Cultura Hispanoamericana**, que venimos desarrollando hace unos tres años desde Londres, tiene como objetivo conectar, difundir y contribuir a la formación de todos los artistas y amantes del arte y la cultura de habla hispana (español o latinoamericano), que residimos y desarrollamos nuestra obra y nuestras inquietudes fuera de nuestros países de origen. Desarrollamos nuestra actividad mediante nuestra página web (*elojodelacultura.com*), nuestra radio (*ztradio.online*), y numerosas y frecuentes iniciativas tales como los Cabarets Culturales, recitales de poesía, conciertos musicales, etc.. Además de otras actividades, en las que colaboramos con instituciones como el Instituto Cervantes, algunas delegaciones diplomáticas latinoamericanas, o universidades británicas.

En ese marco, los talleres de Escritura Creativa vienen reuniendo y formando a personas de todas las edades que se proponen iniciarse en, o mejorar su escritura literaria, tanto en grupos de trabajo presenciales, como a través de cursos y seminarios on-line. El resultado de cuyo trabajo se viene reflejando desde hace alrededor de un año en el blog **Visitantes** (*visitantesletrados.blogspot.co.uk*).

Ahora comenzamos a dar un nuevo paso adelante, que es la publicación – esta es la primera, pero la intención es hacerlo anualmente – de una antología de los **Talleres de Narrativa**, accesible públicamente en e-book o en libro impreso. Participan de ella casi todos quienes han desarrollado su actividad en el marco de los talleres durante el curso de este año, habiendo superado sus relatos la aprobación conjunta por parte del grupo.

He tenido el placer de ser el Coordinador de estos Talleres y también el de ser el editor de los mismos en nuestro reciente sello editorial. He incluido también, al final, un cuento propio, por expreso pedido de los demás participantes.

Espero que ahora sean los lectores los que disfruten de los primeros pasos de todas estas carreras literarias, y que en la próxima antología haya muchos más nuevos nombres que destacar.

ENRIQUE D. ZATTARA
Coordinador
Director de El Ojo de la Cultura Hispanoamericana

Martín Belzunce

Martín Alberto Belzunce nació el 6 de abril de 1983 en Mendoza, Argentina, solo por el miedo de su madre de parir en la inhóspita provincia de Santa Cruz. Es ingeniero en electrónica y tiene un doctorado en ingeniería. Lector empedernido con un problema para dejar libros por la mitad por más aburridos que los encuentre. Recientemente se ha iniciado en la escritura donde sucede todo lo contrario y sus textos son abandonados ante la más mínima incertidumbre. Presenta aquí sus dos primeros relatos.

LA CURIOSIDAD MATÓ AL GATO

Me quedé parado en el bus, cerca de la puerta, de forma de estar listo para bajarme cuando ellos lo hicieran. Por suerte no había ningún carrito para bebés ni carros de las compras que me bloquearan, algo raro en el tramo de Camberwell a Brixton. Además, desde ahí los podía observar con tranquilidad y a una distancia prudencial, sentados uno junto al otro, mirando hacia adelante, inmutables, ambos vestidos con el mismo jean y buzo azul tipo canguro o "hoodie" como le dicen los ingleses. Como siempre que los había visto, no se miraban ni dirigían la palabra.
Ese día seguí mis impulsos, algo raro en mí, y me subí al bus para seguirlos, solo por curiosidad, y eso que mi madre siempre me decía aquello de que la curiosidad mató

al gato. Tal vez más que curiosidad fue un intento, fallido pero intento al fin, de superar viejas obsesiones. Un minuto antes estaba esperando el bus 35, cuando los vi pasar por mi costado y entrar en el 45 que se encontraba cargando pasajeros. Sin pensarlo, me subí inmediatamente, justo cuando se cerraba la puerta del bus, tan justo que parte de mi campera quedó atascada. El conductor tuvo que volver a abrir la puerta pero igual, a pesar de esta segunda oportunidad de tomar una decisión racional y bajarme del bus, me quedé arriba. No sabía hasta dónde iba a llegar con esta estupidez de seguir y observar esos dos personajes indescifrables. Seguramente me bajaría en Brixton y cambiaría de bus, pensé en ese momento.

La primera vez que los había visto fue en el verano, cuando caminábamos con Ana por la calle detrás de casa, la que siempre tomábamos para ir al Ruskin Park. Nos pasaron por un costado, andado mecánicamente, sincronizados, paso a paso, derecha, izquierda, derecha, izquierda, sin inmutarse. Los dos llevaban cola de caballo, su pelo era negro pero predominaban las canas. Tal vez no les hubiéramos prestado atención sino fuera porque iban vestidos idénticamente: unas bermudas azules, una chomba gris y unas zapatillas deportivas del mismo modelo. Eso me hizo mirar más detalladamente y notar su gran parecido físico. Comentamos que en realidad no eran idénticos, pero al estar vestidos iguales resaltaba su parecido. Tampoco era que hubiese demasiado para comentar, y por unos pocos días me olvidé de ellos.

La segunda vez venía solo y me dejó con una sensación desagradable en el cuerpo. En Brixton, encontrarse gente rara, loca o perdida es moneda corriente, pero estos dos, sin hablar, sin hacer gestos, simplemente caminando, me perturbaban más que cualquiera de los otros personajes habituales de la zona. Ni siquiera ese muchacho que aparecía de la nada y te gritaba "*spare chan*ge", mirándote fijo con sus ojos de marciano, los más saltones que haya visto, había logrado ese nivel de perturbación. Esta vez yo iba corriendo dentro del parque, cuando a lo lejos los vi. Los reconocí a unos 100 metros por su vestimenta, que nuevamente era exactamente la misma. Como ellos venían hacia mí los fui estudiando durante varios segundos hasta que nos terminamos cruzando. A medida que me iba acercando, pude ir viendo con más detalle sus rasgos y, esta vez sí me pareció que eran gemelos, realmente idénticos. Ni los años, ni las diferentes experiencias de vida, habían logrado cambios en sus cuerpos que los diferenciasen. Se podía decir que eran dos copias exactas. Eso me dejó reflexionando, inmerso en mis pensamientos, mientras los kilómetros pasaban y pasaban...

"...Quizás son dos personas idénticas sin ser hermanos, como en *El hombre duplicado* de Saramago, o tal vez uno era el *Doppelgänger* del otro. Gonzalo, sé racional, la respuesta es una sola y simple, son hermanos gemelos". Obsesivamente intenté encontrar una razón que justificara el comportamiento de estos dos misteriosos hombres...

"Pero si es así, - me dije entonces - ¿por qué van siempre vestidos exactamente iguales? Simple, porque tienen un trabajo donde tienen que explotar que son iguales, aunque si yo tuviera un hermano gemelo lo primero que haría sería cambiarme la ropa al terminar el trabajo. También puede ser que los gemelos piensen distinto y realmente se sientan tan unidos como para hacer algo así, ahora que lo pienso nunca conocí gemelos, solo varios mellizos pero no es lo mismo. Está bien, pero eso no responde por qué no se hablan ni se miran, pero puede ser que sea entendible si estás con tu hermano todo el bendito día… En cambio si fuera un doble exacto como en *El hombre duplicado*, yo creo que se hablarían aunque sea para insultarse, tal vez eso haya sido al principio, o por ahí un día se cruzaron y luego del primer impacto de encontrar en tu misma ciudad a alguien exactamente igual que vos y de reprimir el instinto de matar al otro, se pusieron de acuerdo para explotar su igualdad, incluso no trabajarían haciendo de gemelos, porque estos serían más cínicos y ventajistas, seguro andarían por Picadilly estafando gente con algún truco raro. La verdad que toda esta teoría es demasiada complicada y ninguna de las dos le da una razón a ese halo de sobrenatural que tienen. Si fuera una película de ciencia ficción diría que son extraterrestres que pueden replicar genéticamente una persona y ahora andan deambulando por la calle aprendiendo sobre nuestro mundo, la verdad que caminar por Londres no sería una mala idea para aprender un poco de la cultura humana. Y eso explicaría por qué van vestidos exactamente iguales, ya que sería lo más obvio para alguien que no es de este mundo, es la solución más simple y ellos no entenderían que eso llama tanto la atención como para que alguien le dedique todos sus pensamientos mientras corre y delira con teorías extravagantes. Aunque hay que aceptar que yo no soy cualquiera y esto de los dobles idénticos alguna vez me fascinó. Bueno, basta de delirios que ya le di cuatro vueltas al parque. Ahora que lo pienso no me los volví a cruzar ¿Habrán caminado tan rápido como para salir del parque antes que yo repita una vuelta?. Bueno, para ser justos, no debería descartar de mis teorías la palabra maldita de mi niñez: *Doppelgänger*. Ya ni me acuerdo de qué se trataba exactamente, pero ese libro de leyendas nórdicas si que me marcó por un tiempo largo, al punto de tener miedo de caminar solo por la calle. El *Doppelgänger* era algo así como un doble al que si veías te ibas a morir. No, no, era que si alguien veía a tu doble ibas a morir. O era que los demás podían ver a tu doble y vos no y por eso se veía en fotos como un halo, tal vez una mezcla de todo eso. Ahora me acuerdo que también se decía que uno era la versión maldita del otro, algo así como un Dr. Jekyll y Mr. Hyde. Tranquilo Gonza, no traigas miedos del pasado que ya sos una persona adulta, lo mejor que puedo hacer la próxima vez es hablarles y listo, un saludo o algo así y simplemente van a responder como dos personas comunes y corrientes."

Todo eso lo pensé aquella vez mientras corría, pero como me pasaba siempre, me olvidé inmediatamente de todo al entrar a casa, al punto de quedar en el olvido por un par de semanas hasta que los crucé por tercera vez. Salía de casa empujando la bici con mis manos cuando los vi pasar justo frente a mis ojos, iguales que siempre, vestidos idénticamente, sincronizados, izquierda, derecha, izquierda, derecha. Inmediatamente dije "*Good Morning*", pero siguieron a su ritmo, como para echarle más leña al fuego de las teorías conspirativas. Ese día creí ver que uno de ellos me dirigió una mirada de socorro, pero quizás es un recuerdo artificial dado los hechos que vendrían después. Y ahora los tenía frente a mis ojos, sentados en el bus 45. Por primera vez tenía varios minutos para observarlos y a eso me dediqué los 10 minutos que duró el viaje, aunque no fueron del todo fructíferos. Me llamó la atención que nadie los observaba a pesar de su particular apariencia pero, por supuesto, todos iban mirando la pantalla de su celular. Me di cuenta lo fácil que es pasar desapercibido hoy en día, incluso aún más en esta ciudad donde la gente extravagante tampoco llama la atención. En el viaje lo único que noté es que sus miradas eran distintas, definitivamente tenían distintos estados de ánimo, a pesar de su comportamiento calcado e inexpresivo. Uno parecía sufrir la compañía del otro, mientras que el otro la disfrutaba.

Bajaron pasando el centro de Brixton y yo hice lo mismo, ahora más decidido a seguir con mi campaña de saber más de ellos. Por un lado, era mejor evitar las calles llenas de gente, en las que casi no se podía caminar y aún menos seguir a alguien; pero por otro, ahora tenía que guardar cierta distancia, pensé. Me llevaron por calles cada vez más desoladas, doblando casi en cada esquina, por lo que estaba totalmente desorientado, aunque en Londres hasta yendo derecho uno puede terminar perdido. Llegaron a una ochava, donde empezaron a bajar la marcha y finalmente entraron a un local a mitad de cuadra. Parecían haber llegado a destino.

Por lo que podía ver a la distancia era un pub. Me acerqué con un paso cauteloso, temiendo que volvieran a salir y me descubrieran. No había un alma en las calles que estaban completamente desiertas, ni siquiera había algún gato deambulando por ahí. Las casas, que se repetían una a otra, tan idénticas entre ellas como los muchachos a los que venía siguiendo, estaban en completo silencio. No se podía observar la presencia de gente en su interior, ya que las ventanas se encontraban cubiertas por viejas cortinas, tan llenas de polvo y amarillentas que era difícil imaginar en qué década lucieron blancas y nuevas. Me senté en el cordón de la calle, a unos diez metros del pub y sobre la vereda de enfrente, para tomar un respiro y decidir si debía ingresar. No sabía qué esperar dentro del mismo ya que estos pubs en barrios desolados siempre me dieron mala espina, me los imagino lleno de borrachos y delincuentes. De solo pensar en sus miradas posadas en mí al ingresar por esa puerta, mis manos empezaron a transpirar.

Luego descubriría que encontrarme con malandras y borrachos era lo mejor que me podría haber pasado y de ello me empecé a dar cuenta solo unos segundos después, al levantar la cabeza y ver que el pub ni siquiera tenía un cartel donde pusiera su nombre. Un escalofrío recorrió mi cuello, sentí cómo se erizaban los cabellos de mi nuca y mis pulsaciones se elevaban aún más que durante mis habituales entrenamientos. De todas formas me decidí a entrar, ya no tanto para ver qué era de esos dos muchachos idénticos, sino con el principal propósito de combatir mis miedos fantasiosos, que me resultaban tan ridículos en un hombre de treinta años. Ya frente a la puerta intenté observar a través de los vidrios biselados de las ventanas, pero lo único que logré ver fue mi cara pálida y mis ojos aterrados.

Posé una mano temblorosa sobre la puerta y empujé dando un paso decidido, pero las piernas me flaquearon y la vista se me nubló, casi al punto de desmayarme. El shock fue tremendo, como recibir un puñetazo a la mandíbula y una patada en los testículos al mismo tiempo. En las mesas y sobre la barra se encontraban alrededor de una decena de parejas idénticas, pero en todos los casos solo uno de ellos

bebía cerveza. Todos se mostraban cabizbajos, mirando sus respectivas mesas en ese lugar que parecía centenario.
No había alcanzado a recorrerlo todo con la mirada, cuando desde la barra, con una gran sonrisa, el barman me dio la bienvenida "*Wellcome! Curiosity killed the cat*", me dijo largando una gran carcajada.
Y entonces lo vi, saliendo lentamente detrás de la puerta del baño. Grité con un chillido tan agudo como el de un puerco en un matadero, pero luego fue todo silencio y resignación. Bebí un sorbo de cerveza que el bartender, todavía riéndose, me había servido hacía unos instantes. Bajé la cabeza, mirando la barra de madera con manchas añejas y hedionda a cerveza descompuesta, sabiendo que mi *Doppelgänger*, que ahora se sentaba justo a mi derecha, no me iba a abandonar hasta que él decidiera que era la hora, mi hora, de terminar todo esto.

UN TANQUE LLENO DE RECUERDOS

- Papá, dale, yo sé que en algún rincón tenés ese recuerdo. ¿No te acordás cuando nos llevaste a la cancha por primera vez? - le dijo al hombre que estaba sentado en su sillón, frente a la tele.
- Yo nunca fui a la cancha - contestó el hombre sin inmutarse.
- Y si te digo que le dijiste a mamá que nos íbamos al circo porque ella decía que éramos muy chicos para ir a la cancha… ¿Tampoco te acordás?
- Nunca me gustó el fútbol -espetó y por dentro fue como si a Nacho le clavaran un puñal. Tenía la sensación de estar hablando con otra persona.
- Pará, dejalo -le dijo Ariel por debajo-. Lo único que falta es que nos diga que es de Boca.

Nacho le hizo un gesto con la mirada, como diciéndole que no le metiera ideas en la cabeza. Si llegaba a decir eso sería un signo de lo irremediable que era todo eso que había empezado hace un par de años. Toda su ilusión de compartir un último recuerdo con su viejo se vendría abajo. Nacho le hizo una seña a su hermano indicándole la puerta. Los dos hermanos salieron de la habitación y se dirigieron a la cocina.
Nacho agarró la pava, prendió una hornalla y puso a calentar agua para el mate. En la casa de sus viejos, donde había vivido toda su vida hasta que se mudó a la capital, no había pava eléctrica. Cada vez que los visitaba, disfrutaba tomar los mates así, directo de la pava, de la misma manera que lo habían hecho sus padres toda la vida.
- Nacho, no sé porque seguís insistiendo con eso, ¿Por qué no buscás por otro lado? - dijo Ariel pensando en todos los domingos que su hermano se había sentado con su padre a contarle alguna anécdota futbolera sin éxito alguno.
- Yo sé que por ahí le puedo entrar, por lo menos lo intento -contestó, y en su cara se notó la bronca que le daba la indiferencia de su hermano-. Vos sabés que con el fútbol siempre hay lindos recuerdos entre un padre y sus hijos - concluyó Nacho con un leve suspiro.
Comenzó a recordar esos lindos momentos que había compartido con el viejo y que, uno a uno, domingo a domingo, había relatado ante la mirada inmutable de su padre. El Dr. González les había descrito las 7 etapas por las que pasaría, yendo de ocasionales olvidos, pasando por etapas de confusión general y finalmente demencia. La enfermedad no cedía en su avance y dada la condición

general de su padre, Nacho sabía que la probabilidad de disfrutar una charla o un recuerdo con él, tal vez por última vez, era muy improbable. Pero la falta de apoyo de su hermano le ponía los pelos de punta.
- Bueno, hacé como quieras. Yo te digo para que no te desilusiones. Después de todo papá es como yo, se nos fue yendo el fanatismo. Qué se le va a hacer, si lo pensás racionalmente el fútbol es una boludez -sentenció Ariel.
Nacho se moría de rabia al escucharlo con tanta tranquilidad y aplomo. Pero esa bronca, en realidad, la tenía consigo mismo. Él había sido el que se había perdido ese último momento de lucidez de su viejo, en uno de esos asados de domingo. Toda la familia estuvo ahí menos él, que se había levantado con mucha resaca y había decidido ir para el mate y las facturas de la tarde. Cuando llegó a la casa de sus padres, su madre y su hermano lo esperaban con unos ojos llenos de excitación, algo raro para esos almuerzos de domingo que se habían ido poniendo cada vez más tristes. "Tú papá estuvo lúcido y hablamos como 10 minutos lo más bien", le dijo su madre y luego agregó "hasta preguntó si vos no estabas porque habías ido a la cancha". En su momento fue una gran alegría saber que su padre seguía teniendo momentos de lucidez, pero nunca se habría imaginado que esa sería la última vez que pasaría. Desde entonces, ese domingo se transformó en una mochila que se hacía cada vez más pesada.
- ¡Ya empezás con eso! No te hagas el superado, querés. O no te acordás cuando papá te cagó a pedo porque lo único que tenías anotado en el cuaderno era un montón de "River 3 - Boca 0", o River Campeón, en vez del dictado de la maestra - dijo Nacho, tratando de olvidarse por un

rato de esa culpa que llevaba encima y retomando el hilo de la conversación.
- Bueno, pero era un nene, todavía tenía ese fanatismo irracional- se defendió Ariel con un gesto de superado.
Mientras Nacho ponía yerba en el mate, inclinándolo para que se hiciera el pocito que haría que durase más, por la ventana se veía cómo empezaba a bajar el sol y el cielo se iba enrojeciendo. El cielo intacto contrastaba con la imperfección de los techos del barrio, era una vista caótica donde convivían techos prolijos de teja, pisos a medio construir, ladrillos sin revoque, chapas y los infaltables tanques de agua de cada casa.
- Todos sabemos que racionalmente muchas cosas no tienen sentido. Pero acaso no es más lindo pensar que "de River se nace" y "se lleva adentro", como si hubiera un ADN que determina de qué club somos hinchas -dijo, mientras Ariel lo miraba como diciendo "otra vez con eso"-. A mí me gusta creerme eso, aunque sepamos que por ahí si el tío insistía terminábamos de Boca.
Nacho cebó el primer mate para ver si el agua estaba lista.
- Que querés que te diga, debe ser que me volví demasiado racional -contestó Ariel, exagerando su indiferencia.
Ariel era consciente de cuánto le dolía a Nacho ese domingo de resaca en el que no apareció para el almuerzo. Si hubieran sabido que no volvería a repetirse tal vez no le hubieran contado tantos detalles. Al principio lo apoyó con el intento de buscar un último momento con el viejo, pero la realidad se había impuesto y no había mucho por hacer. Lo mejor era bajar las expectativas de su hermano.
- No te hagás el superado, si yo te tuve que parar antes de que te hagas ese tatuaje -insistió Nacho.

- ¡Menos mal! No sé qué pensaría de ese tatuaje hoy en día, si finalmente me lo hubiera hecho -dijo Ariel mientras se miraba el hombro donde hoy estaría ese tatuaje, pensando que tal vez no le quedaría tan mal.

Nacho le pasó un mate a su hermano y miró, casi como hipnotizado, el cielo rosáceo que anunciaba el fin de la tarde. Observó todos esos techos por enésima vez y valoró la posibilidad de tener esa vista desde la cocina. Y pensar que toda su adolescencia se había quejado de que la casa estuviera sobre el taller del viejo... Recorrió todos los techos del barrio con su mirada. El barrio había cambiado mucho, seguro que lo que se veía desde esa ventana también lo había hecho, pero había ciertos detalles que estaban ahí desde que él tenía memoria. Lentamente una sonrisa se fue dibujando en su cara y comenzó a reír solo.

- ¿Qué pasa? ¿De qué te reís, boludo? -lo interrumpió Ariel.
- Es que me acabo de acordar de una que no podés negar que fue tremenda -le contestó Nacho.
- A ver...- quedó expectante Ariel mientras tomaba el mate que le había pasado su hermano.
- La del tanque de agua, boludo. ¿No te acordás?
- ¿Qué tanque?
- El del vecino!
- Uhhh cierto, ¡como no me voy a acordar! ¡Si le habíamos ganado a Boca en la Bombonera con esos golazos del Burrito!- dijo casi gritando, y por primera vez en el día mostraba un poco de pasión.
- Sí, partidazo. ¿Te acordás la cara del viejo cuando apareció con el tarrito de pintura roja diciendo ...?

- Hoy vamos a festejar de una forma especial -lo interrumpió Ariel, anticipándose a lo que iba a decir Nacho.
- ¡Eso mismo! Creo que se le ocurrió eso para joder a Rolo, el vecino que vivía al lado ¿No? -trató de recordar Nacho.
- Puede ser, eso ya no me acuerdo. Pero eran otras épocas, hoy llegás a hacer eso y te cagan a cascotazos...
Por un momento, los dos quedaron en silencio y con sus miradas perdidas. Era como si estuvieran en el mismo sueño, reviviendo el instante en el que pintaban con pulso firme una diagonal roja en el tanque de agua, transformando la vista de los techos de su infancia. El resultado fue ese tanque del Millonario que asomó tanto tiempo sobre los techos del barrio, con la banda irradiando fuego, imponente, más lleno de ingenio y fanatismo que de agua.
- ¡Qué lindo había quedado el tanque de agua con la banda roja a la vista de todos! Lo mejor fue cuando terminamos de pintarlo y empezamos a cantar "¡Vamos vamos River Plate!"- dijo Nacho, cantando y haciendo unos saltitos.
Ariel primero dudó, pero después se sumó al canto de su hermano. Le pasó el brazo por el hombro y empezaron a saltar juntos. El "vamo vamo River Plate" resonaba en toda la casa.
Nacho paró con los saltos bruscamente.
- ¿Escuchaste eso? - le preguntó a su hermano, haciéndole una seña para que haga silencio.
El ruido de una madera que crujía se volvió a oír. Sin duda venía de la habitación del viejo. Los dos hermanos se acercaron preocupados a la puerta de la habitación para ver qué había pasado, temían que su padre se hubiera

caído. Pero, para su sorpresa, lo encontraron parado mirando por la ventana.
- Miren gurises, ahí está el tanque -les dijo con una sonrisa-. Si hasta se puede ver la banda.
La cara de Nacho se transformó, era una mezcla de confusión, alegría y emoción. El viejo no les decía gurises desde hacía años. El tanque no podía estar ahí, estaba seguro que los vecinos lo habían cambiado, pero lo único que quería Nacho era disfrutar ese momento. Se asomó a la ventana y, señalando un tanque de agua común y corriente, le dijo "¡Tenés razón, viejo!" y lo abrazó.
Unas lágrimas comenzaron a brotar de los ojos de Nacho y, con su mirada nublada, los restos de esa diagonal roja empezaron a crecer hasta ser tan reales como el cielo rojizo de esa tarde de verano. El tanque estaba ahí, cómo podía ser que no se hubiera dado cuenta antes. Su padre sacó la vista del tanque y miró a Nacho a los ojos con una sonrisa, eran esos ojos y esa sonrisa que tanto extrañaba y que solo aparecían cuando volvía a ser él.
- ¡Qué caliente que quedó el Rolo! - dijo el viejo y, por última vez, el Alzheimer se tomó un descanso.

Patricia Cardona

Vivo en Londres sobre todo porque cuando me enamoré de las letras quería venir a donde han nacido, estado y vivido grandes escritores.
En mi Colombia había de todo para componer historias fantásticas y maravillosas. Pero aquí yo las tengo en mi mano, las contemplo como obra de arte, tomando distancia para entenderlas y matizarlas. Vivo y trabajo en Londres, escribo cuando a la musa le da la gana de acompañarme y el resto del tiempo soy feliz caminando estas calles antiguas y hermosas.

TRECE TRECE

Fue él mismo quien cambió su nombre por Trece-Trece, y así fue como lo conocí. Aquel día llegué al garaje en el cual hago trabajos temporales de decoración para eventos e instalación de publicidad, estaba ocupada yendo y viniendo cuando de repente él se me acercó pidiéndome asesoría sobre cómo decorar su bici-taxi. Quería que su nombre se escribiera alrededor de la bicicleta. ¿Cómo te llamas? le pregunté. Solamente dijo 1313. Yo lo repetí sin poder creer, ¿13-13? y él simplemente movió su cabeza en ademán afirmativo.
Una semana antes había empezado a trabajar en esa compañía, y al igual que se hace con todas las personas que se vinculan por primera vez, tuvo que aprobar el entrenamiento, en el cual incluso se les indica cómo

parquear la bicicleta y cómo dejarla cuando se termina de trabajar. Le indicaron que al regresar – no importa la hora que fuese - simplemente debía volver al garaje, usar la clave 1313 para ingresar y dejar la bicicleta segura hasta el día siguiente o cuando quisiera volver a utilizarla.

Era un chico de unos 19 años, que venía de una pequeña población en las montañas antioqueñas de Colombia. Por su comportamiento era fácil adivinar que solamente había salido de su pueblo para subirse al avión que lo trajo a Londres, donde venía a aprender Inglés. Era delgado y no muy alto, tenía una chispa maravillosa al hablar, hacía de cada frase un chiste y tenía siempre lista una retahíla con que contestar haciéndonos reír todo el tiempo. Se ganó el corazón de sus compañeros en los primeros dos días en el trabajo. Todos sabían quién era, de dónde venía y que venía a hacer. Lo único que nadie supo, nunca, fue su nombre real. Todos le llamaron siempre Trece-Trece.

Le gustaba coleccionar esos guerreros para pintar a mano. Son muy costosos, le dije cuando supe de su afición, y él me contestó como excusándose: compro sólo uno al mes, lo pinto despacio en mis horas libres, entre la escuela de inglés y las bicicletas. Mientras tanto ahorro para comprar otro. Siempre los llevo conmigo: son mi talismán.

El trabajo de conducir uno de estos bici-taxis es como una apuesta, por la inseguridad de cuánto dinero se puede ganar a la semana. Así como un día pueden recoger 200 o más libras, habrá unos días malos que solamente tienen 10 libras o incluso menos. Tienen además el clima en contra, o mejor lo tienen a su favor, porque si llueve o hace viento sus clientes se multiplican: ya nadie quiere caminar y exponerse al mal tiempo.

Con una persona como Trece-Trece el viaje desde el teatro, el pub o la tienda, hasta la estación, podía resultar un paseo maravilloso; este chico, aún con su limitado inglés, era capaz de hacer reír a cualquier persona, tenía innumerables chistes y anotaciones graciosas grabados en su cabeza, los repetía una y otra vez haciendo reír hasta el más serio. Cuando recogía un pasajero, se bajaba de la bicicleta, les daba la mano a las chicas, hacia venias, se reía, les insinuaba que en su Ferrari estarían seguras y por menos de la mitad del precio. Hacia piruetas mientras conducía y les daba un paseo agradable, tanto que al bajarse era muy normal que se quedara una buena propina. Todo esto fue en lo que se convirtió en los once meses que estuvo en Londres estudiando inglés, comprando guerreros y manejando la bicicleta.

Pero su nombre y reputación se los ganó la primera noche que trabajó hasta las 2 de la mañana y regresó cansado al garaje a dejar la bicicleta. Al encontrar la puerta cerrada empezó a golpear con los nudillos. Como nadie respondía, se acercó a la ranura del portón a través de la que se asomaba un cachito de luz y empezó a decir en voz bien baja, para que nadie le oyera: "soy yo, la clave es 13-13", y repetía: "13-13" una y otra vez.

De pronto se quedó pensando y volvió a la ranura diciendo: "Uno tres, uno tres", pero nada, la puerta seguía sin abrirse. Nuevamente y después de recapacitar decidió hablarle en inglés a la ranura de luz: al fin y al cabo estoy en Londres, pensó, la clave es thirteen, thirteen.

One three one three, estaba diciendo, cuando llegaron dos conductores más y lo vieron hablándole a la luz. Entonces se acercaron preguntándole por lo que estaba haciendo, y él les respondió que le estaba dando la clave al administrador para que le abriera la puerta, tal como se lo habían explicado días atrás en el entrenamiento.

Los recién llegados se pusieron a reír sin parar por un larguísimo minuto. Tanto, que casi no pudieron acercarse al teclado digital de la puerta para marcar lentamente 1-3-1-3.

MERECUMBÉ

Esos hombres sobrados de pases, como aquel del recuerdo de mi adolescencia que parecía ser un dueño-de-tu-vida. Esa raza indómita de hombres Marlboro en amaneceres nublados con vacas bramando y enormes praderas que adivinamos verdes. Hombres que sabían que lo eran porque así los vistieron desde niños, esos que van aprendiendo con los años y a golpes, esos que la televisión nos mostraba como ejemplo, y los que todas las chicas queríamos conocer.
Éramos una mayoría buscando identidad, libertad. Tiempos adolescentes de fiesta en las tardes con refresco y jugos incluidos. Tardes llenas de música, perfumes, empanadas bailables y cintas de colores con vestidos coquetos pero no demasiado.

En aquellas tardes de empanada bailable nosotras, las chicas, nos sentábamos a un lado del salón agrupadas para disimular la timidez y el miedo. Todas parecíamos una, no tanto por la cara de inseguridad como por la ropa que vestíamos, los mismos modelos del vestido de moda, las mismas cintas en la cabeza, los zapatos iguales pero en colores diferentes; perdiéndonos en la masa del nerviosismo. Agarradas de la mano, siendo conscientes del sudor de la otra y del nuestro. Expectantes por ser elegidas como compañera de baile. De ellos, los chicos, que al otro lado de la sala se mostraban mirando, revisando, pensando si ellas les verían como ganadores, como ellos querían mostrarse. Nosotras, en cambio, solo queríamos que ese chico que está mirando para nuestro lado me elija a mí, que me pida bailar con él, solo quiero que me saque a bailar.

El chico revisa, analiza las posibilidades, va y viene con la mirada escudriñadora. En esos gloriosos días de ignorancia e inocencia total no se me hubiera ocurrido pensar que tal vez ellos tenían tanto miedo como nosotras. Al final, gano la absurda competencia, soy la elegida, ahí viene él, con sus risas de propaganda CLOSE-UP. Sus venias de esclavo indio en guantes blancos, trabajando para ingleses usurpadores. Camina bamboleándose y me mira detenidamente vendiendo su nada modesta persona. Finalmente, vendiéndose. Como diciendo: te regalo la oportunidad de lucirte a mi lado, nena.

Para bien o para mal, este momento ha llegado, no sé si buscado, elegido o simplemente sin pensarlo, pero llegó. Y ahí estoy yo, en el medio de un salón inmenso, con mis esperanzas puestas es este vendedor de sueños. Yo con la ilusión, primero de llevarle el paso, que es como hacerle caso. Queriendo encontrar la diferencia, descubrir algo interesante o al menos intentarlo. Sintiéndome ínfima, ridícula y peor que eso: sintiéndome en el lugar equivocado.

Él bailando a ritmo de merengue o cumbia, lo que sea, es un excelente bailarín, un mar de sonrisas lleno de vueltas a derecha e izquierda con movimientos exactos de director de orquesta, muy diestro en todas estas lides. Mientras bailamos, insiste en encontrar la talla de mi brassier revisando en el lugar equivocado. Está atrás, busca atrás, quería aclararle: es atrás, no por donde vas, hubiera querido decirle, pero las palabras nunca salen de mi boca. El ritmo de la música parece ensordecerlo, atontarlo. Sigue buscando, ya no le importa el tamaño de mi busto, parece que lo encontró, no revisa más mi pecho o mi espalda. Ahora está contando, creo, mis 32 dientes: escudriña afanosamente mi boca con su lengua mientras el merecumbé suena. No pierde el ritmo del baile y de su boca en la mía suavemente. Le noto angustia y afán, la canción está por terminar, casi no puedo seguirle el paso, me siento volando muy insegura. Insisto en bailar y comprender qué pasa. Hacer las dos cosas es como hacer malabarismo, no encuentro la relación entre este baile y los alcances o mejor los abusos de mi compañero. Mis sensaciones son de sube y baja, como en las balanzas que me fascinan en el parque: "me gusta, me asusta, me bajo" Pero yo de aquí aún no sé cómo bajarme, cómo salirme.

Finalmente la música para, se detiene. El chico también frena, vuelve a hacer la venia vendedora. Yo agradecida esta vez regreso a mi silla, sintiéndome entre feliz, despistada y humillada. No sé qué pasó.

Pero sí sé que la próxima vez, si hay una próxima vez, preguntaré por anticipado si ese MERECUMBÉ es un baile o un examen de anatomía.

Lester GeMedina

Lester GeMedina, de procedencia costarricense – nicaraguense, reside actualmente en Londres, donde realizó estudios en La Universidad de Roehampton. Así, a partir de su experiencia en la lejanía, se han suscitado algunos de sus relatos y poemas, motivados por las diversas experiencias y su visión de viajero en un camino de variandas circunstancias de vida.

En esta antología se recogen dos de sus relatos, historias que ilustran su interés como escritor por proyectar esas circunstancias que han llegado a marcar no solo la vida de sus personajes.

EL DIARIO DE NANA

Hoy abuela llegó a recogerme al colegio en carro. Ni siquiera me acuerdo cuándo fue la última vez que alguien de mi familia manejó para ir por mí, pues mamá, que era quien casi siempre lo hacía, perdió el interés por manejar. Dice que por el tráfico que siempre es tan pesado. Yo sospecho que el accidente fue la causa de su decisión.
Cada tarde, sea que me baje del carro o del bus que me lleva a casa luego de clases, veo a mi hermana desde la calle, que observa a través de una de las ventanas de la sala, la que está cerca del retrato donde estamos abuela, mamá y yo, justo en medio de las dos. Ella tiende a ocultar las manos detrás de su espalda. Y encima de todo sonríe. Sé por qué lo hace. Sonríe porque es su manera de decirme que no la regañe, como lo hacía mamá. Nunca hago eso,

porque sonríe con tanta naturalidad. Al menos su táctica es mejor que la mía, pues yo solía enojarme y lloriquear cuando por la misma razón, mamá me regañaba por chuparme el dedo gordo. A veces yo lloraba para poner la situación bajo control. Nuestra madre nunca se tragaba eso.

Una vez que subo por la rampa, abro la puerta para entrar a casa, y avanzo tan rápido como puedo hacia ella para saludarla. Antes de acercarme completamente, bajo la mirada para ver sus pies venir hacia a mí. De pronto, las dos nos detenemos, una frente a la otra. Sus pies frente a los míos. Ambas levantamos la vista muy lentamente; puedo verle los pies calzados con esos zapatos amarillos, sus favoritos, y luego su pantalón del colegio, hasta llegar al suéter, y finalmente su cara. Las dos nos quedamos viéndonos fijamente la una a la otra, con una sonrisa a punto de estallar. Me acerco lo más que puedo y estiro la mano para peinar su pelo con mis dedos, le digo hola, y le pregunto cómo fue su día en clases. Es nuestra forma de saludarnos, como un ritual de hermanas.

En mi familia somos cuatro, abuela, mamá, mi hermana y yo. Mi nombre es Mari. El de mi hermana, Sol. He sabido de personas que llevan estas dos palabras como un solo nombre, y me encanta la combinación. Pero nuestra madre tuvo que dividirlo al enterarse que tendría dos hijas. Qué extraño debió haber sido escuchar eso, creyendo que esperaba tener una, y luego darse cuenta que eran dos. Suena como si una misma persona hubiese sido separada en dos. En ocasiones he escuchado a mi abuela decir que mamá tuvo un parto de alto riesgo. La verdad no sé bien a lo que se refiere.

Para mí, Sol es siempre Sol, aunque a mí en casa me llaman "Nana", de cariño. Sol fue la primera en nacer, como el Sol lo primero en salir, lo que explica su nombre. Sol y yo somos físicamente idénticas, tanto que a veces imagino que somos como una misma persona; que puedo ver a través de sus ojos, o ella sentir a través de mi piel; o yo caminar de la misma manera que ella, o sentir mi pelo dando tumbos detrás de mi cabeza, como cuando Sol salta y corre al jugar. Cuando yo era pequeña, Sol y yo jugábamos sentadas en el piso de la sala, e incluso nuestra abuela tenía dificultades para darse cuenta quién era quién, lo notaba en la expresión de su cara. Ahora, si Sol se sentara a mi lado, sería claro para cualquiera saber que yo soy yo, una vez que ella se levantara. A veces juego a imitar a mi hermana para hacerle creer a mamá que soy Sol, pero mamá finge no darse cuenta. Creo que solo trata de seguir el juego. A veces quisiera que hubiésemos completado juntas la primaria en la misma escuela, en la misma clase y hacer bromas a la maestra, o intercambiarnos para que la otra tomara el examen en caso de que una no hubiera estudiado. A veces extraño no haber pasado más tiempo con ella, lo cual me pone triste.

Podría decir que mi hermana ha sido una amiga mejor que mi mejor amiga. Desarrollamos el hábito de que la una peine a la otra, algo que aprendimos de mamá cuando éramos pequeñas. Cuando es mi turno de peinar a Sol, ella me cuenta lo que sea que le inquiete, o que le ponga triste, o que le parezca interesante, algo que difícilmente le contaría a su mejor amiga o a mamá, como explicarme las razones por las qué le gusta ese chico o aquel otro. Sé que Sol tampoco le revelaría a nadie mis secretos. Conversar con ella es como pararse frente al espejo y contarme a mí misma todo lo que deseo decir sin sentirme mal por decir lo que quiero. Físicamente tan parecidas, casi exactas, como una copia la una de la otra, y eso nos hace ser muy apegadas. Diría que, si no tuviera a Sol, yo a diario la inventaría. Pero como mencioné antes, la sonrisa de mi hermana es siempre honesta. Eso es algo que nos diferencia. Yo lo admito, porque la conozco como a mí misma.

¡Ah! confieso también que desarrollé un gusto por el color amarillo, al igual que Sol. Mamá hasta me permite, de vez en cuando, usar los zapatos de Sol. Es posible que no sea el color más bonito a la vista, pero a mí me gusta.

A mí a veces me gusta recostar la cabeza de costado en los regazos de mamá para que ella me peine el pelo con los dedos. A pesar de eso, el tiempo que mamá no está en casa debido a su trabajo, es Sol quien me arrulla y me susurra al oído esa frase de *¿Cómo cuál estrella dices que eres?* Y luego me dice, *Aprende a pescar estrellas...* Yo hago lo mismo con Sol cuando juego a peinarla. Ella pone también su cabeza en mis regazos, y yo le susurro al oído lo mismo. Lo hago para motivarla a ser más independiente, como mamá lo hace conmigo, porque estamos creciendo y un día seremos adultas y tocará manejar el estrés de la vida aquí en esta ciudad, donde la gente no para de andar de un lado para otro. Quiero mencionar que nunca hemos vivido cerca del mar o río alguno. Es decir, en realidad no tengo ni idea de cómo sería pescar; sin embargo, recuerdo que un día mamá me llevó a un planetario con la mentira de que me iba a llevar al cine para ver una película sobre estrellas y galaxias. Yo entonces tenía 7 años. Mamá a veces suele recordarme que ese día en el planetario le dije que *yo era como el Sol,* porque *iba a la escuela de día y dormía de noche*. Desde entonces aquella idea ha formado parte de mis recuerdos con mi familia.

Pienso que a Sol le gustaría que mamá también la peinara y la arrullara, y que la cargue en brazos como a veces lo hace conmigo. Pero eso no sucede así, ya que yo he requerido más de ese tipo de atención, algo que ha hecho a mamá trabajar duro; ahora soy consciente de eso. Aunque todavía creo que mi hermana tiene razón.

Recuerdo que una vez le conté a mamá que en la escuela nos enseñaron que a la Tierra se le llama madre, y todavía nos carga, le dije, aunque nos hagamos más pesadas como los adultos; por eso quiero que también cargues a Sol; y ella solo sonrió entre dientes.

Cuando era pequeña, la escuela a veces me aburría muchísimo, aunque otros días, si aprendía algo curioso, me gustaba. Para mí ese había sido un buen día. Como dice abuela cada vez que me ve regresar de clases, *¿Qué tal la pesca hoy?* Es como dije, frases como esta son una cuestión de familia.

A veces me pregunto por qué mamá me llama "Nana". En primer lugar, mi hermana no tenía un sobrenombre, lo cual es entendible; pero yo sí. Lo extraño es que "Nana" no suena nada parecido a mi nombre, Mari; es decir, tal vez si me llamara Adriana o Mariana, tendría sentido. Entonces ¿de dónde provenía lo de "Nana"? Durante el sexto grado de la primaria, un día la maestra me entregó un sobre con papeles que debía darle a mamá para que ella los llenara con cierta información. Al día siguiente, antes de que mamá lo llevara de nuevo a la escuela vi el sobre en la mesa de la sala. A mí se me ocurrió abrirlo para leerlo. Entre los datos que el documento tenía había algunas descripciones sobre el estado de salud física y mental de miembros de mi familia escritos con palabras que ni entendí. También había información que decía: *Nombre completo del o la estudiante,* y vi que estaba escrito el nombre de "Marisol". Y luego leí, *Número de miembros en la familia,* y el número que vi era el 3. Pensé que mamá se había equivocado. ¡Pues claro que se había equivocado! Entonces lo corregí por ella. Separé mi nombre del de mi hermana, y además puse 4. Volví a meter los papeles en el sobre, lo cerré, calenté motores en mi silla de ruedas y me fui rumbo a clases.

Recuerdo que una vez en una clase vimos un documental en el que se explicaba el tiempo de vida de una estrella. Se dijo también que las estrellas se clasifican dependiendo de su fase y color. En ese caso el Sol sería en realidad una enana blanca; aunque se le considera "enana amarilla" ya que es como lo vemos a través de la atmósfera de la Tierra. Es curioso saber que un día el Sol cambiará su color, se encogerá en tamaño y se apagará. Yo no entendía cómo aquello era posible. Pero mamá me lo explicó. Me quedé sumida, pensando. Hasta que escuché la voz de mamá decirme *¿Dime adónde escapa el Sol cuando se va?* Lo único que se me ocurrió decir fue algo tonto, algo que tal vez una niña de siete años habría respondido mejor. *Se oculta bajo el mar,* le dije. Y mamá sonrió y me dijo, *No pienses que tu respuesta es estúpida o errónea. Quizás son una sola cosa. Como Mari y Sol.* Sonrió y me preguntó *¿Y tú? ¿Cómo cuál estrella dices que eres?*

LA HISTORIA DE LUZ

Conocí a Luz hace unos meses. Londres es una ciudad enorme, llena de gente yendo y viniendo en todas las direcciones. Los espacios concurridos pueden ser intimidantes y exhaustivos, especialmente en horas pico. Sin mencionar las veces cuando los conductores de tren de algunas líneas se declaran en huelga. Se ven los mares de gente acumulándose en una misma calle, en una estación de tren, o dentro del bus. Todos esos cuerpos humanos apilados. Sólo el transporte público logra el milagro de hacer que todos se reúnan, sin importar el origen, ni el color de la piel; todos unificándose en una misma masa, por una misma causa: ir a trabajar, como todos los días. Por eso aquí los parques suelen ser tan necesarios como lo es la producción laboral. Grandes áreas verdes abiertas, con muchos árboles que funcionan como estimuladores visuales, como filtros del smog y del ruido, todo con el objetivo de ayudar a la gente a liberar estrés. Muchos de los parques han sido diseñados con lagos en su interior, en los que la reducida fauna citadina sobrevive con éxito. Parvadas de muchos tipos de aves migratorias encuentran reposo en los parques de Londres, algunas se han adaptado a tal punto que han migrado para quedarse. Ciertamente, es relajante el solo hecho de pasar por una de estas áreas verdes y detenerse por un momento, sentarse en una banca para desconectarse por unos minutos de la ciudad.

De hecho, fue así como conocí a Luz; en un parque. Le vi desde una banca en la que yo estaba. Ella estaba parada frente al lago, mirando a algunas de las aves que en ese momento flotaban rebuscándose qué comer. La vi lanzar, repetidas veces, pequeñas piedras al lago, como si jugara. En las grandes urbes como estas el valor del espacio personal es significativamente delicado; que un extraño se acerque a hablarte es inusual, y quizás no muy bien visto; hay que pensarlo dos y hasta tres veces si uno ha de acercarse a hablarle a alguien en la calle. Por eso el lenguaje corporal es fundamental. Leer si la persona toleraría ser interrumpida. Por lo general a nadie le agrada eso.

Esa vez tomé el riesgo, motivado quizás por mi asunción de que las personas en un parque están menos apuradas o preocupadas de lo que sea que les agobie. Entonces me acerqué a unos metros de ella y justo en el momento en que lanzaba una piedra más al agua le dije si le gustaban las aves, solo por romper el hielo. Ni siquiera se volvió, pero noté que cohibió las manos como ocultándolas. Esa fue una clara señal de su lenguaje corporal. No quiere que le molesten, pensé; o tal vez no desea hablarle a alguien con un acento extranjero. Mientras trataba de aterrizar una conclusión, en cuestión de unos segundos, de pronto le oí decir

—Me gustan los cisnes—. luego, una mueca de sonrisa vino de ella, algo que yo correspondí.

- A mí me gustan más los cisnes negros, le dije. Y preguntó por qué. Solo le dije que me parecían curiosos, además son menos comunes que los blancos.

— Será porque no son originarios de este país, agregó.

Me preguntó si había algo que no me gustara de los cisnes. Esta vez fue ella quien lanzó la pregunta, y eso fue clave para mí, porque se abrió paso a un diálogo. Lo único que se me ocurrió responderle fue que los cisnes, sean blancos o negros, son bastante agresivos. A lo que ella replicó que era bueno que lo fueran, —No hay nada de malo en tener carácter con qué defenderse en caso de ser necesario—. Tuve la impresión que se estaba poniendo a la defensiva; aún así, le di la razón porque su punto me pareció válido. Aquella simple conversación fue perdiendo distancia. Para resumirlo, nos hicimos, de cierto modo, amigos de conversación. Hasta la fecha, a veces me reúno con Luz para tomarnos un café o una cerveza y conversar de todo y de nada. Creo que le gusta hablar conmigo. A mí también, claro está. Yo se lo he dicho, que me es de gran ayuda hablar con ella porque puedo practicar mi inglés, y como ella no habla español, pues para mí mejor. Me cae bien. Es una persona con una mentalidad curiosa, además del tipo de gente que le hace sentir bien a uno pues tiene muchísima paciencia, deja que la persona tome su tiempo para hablar, yo especialmente lo noto más ya que me toma más trabajo formular ideas complejas en inglés. Y ella espera paciente, y con mucha atención cuando los demás hablan; quizás por eso le es fácil plantear temas que mantienen una conversación; me es difícil llegar a aburrirme cuando hablo con ella. Pero debo confesar que Luz está llena de sorpresas, como lo está la ciudad de Londres. Ella es de primera generación nacida en Inglaterra, de padres migrantes originarios de Portugal. Tiene 30 años y es soltera. Un día le pregunté cuántos años tenía su niño, que había olvidado cuántos me había dicho. Ella nunca me había dicho nada, yo solo mentí para saber si tenía niños. Pero ella no es ninguna tonta. Seria, me dijo cortantemente que prefería no hablar de eso. No sé qué le molestó más, si el truco de la mentira o que le preguntara si tenía niños.

Yo me había empecinado en darme a la tarea de averiguar si tenía o no hijos. Sí, me dio esa necedad de querer saber lo que el otro le oculta a uno. Y me propuse hacerlo, como si fuera un juego de reto en el que cuando no me dicen algo, pues lo averiguo por mi cuenta. Y así fue.

La verdad es que le tengo un especial respeto a Luz, diría incluso cierta admiración. Esta mujer saca fuerzas yo no sé de dónde. Luz es diabética, carga una pequeña bolsa con un medidor de glucosa, una jeringa con insulina, en caso de necesitarla. Una vez me explicó cómo usar el equipo, por si algún día tenía la amabilidad de ayudarla, dijo riéndose sarcásticamente. — Si me desmayo y me ves tumbada en el piso —me dijo—, primero, no corras. Tampoco llames una ambulancia, todavía. Usa primero el equipo. Yo asentí moviendo la cabeza con la boca medio abierta. Y ella lanzó una risa. Y si la insulina no funciona y la ambulancia no llega a tiempo, le dije, ¿cuántos niños se quedan sin madre? Esta vez fui yo el que soltó una carcajada y ella se puso muy seria y perdió interés en conversar. Unos minutos después me dijo que ya se quería ir. Tomó su bolso, el abrigo y se fue muy seria.

Pasaron unos días en que no supe de ella. Me sentí culpable porque posiblemente se molestó por lo que yo dije. Traté de contactarla, pero no respondía los mensajes de texto. Y como ni siquiera tenía la dirección de su casa, pues no hubo manera. Lo único que tenía de ella era un texto que me pidió que leyera para que le diera mi opinión. Quería saber qué tal lo había escrito, que si esta idea cuadraba con aquella otra, y otros detalles relacionados con la manera en que contaba la historia. Yo le advertí que no era el mejor para las críticas. Es la verdad. Tiendo a decirle a la gente mi impresión con mucha franqueza; después de todo quieren saberlo ¿no? El punto es que, si me parece una completa tontería, me cuesta trabajo contenerme de decirlo, por eso se los adverto de antemano. Finalmente es mi tiempo el que invierto leyendo; al menos que respeten el derecho que me dan a opinar. Pero estaba dispuesto a hacer una excepción por Luz, me propuse no ser tan severo en lo que sea que le fuera a decir. El caso es que ella asistía a una especie de taller de terapia de escritura y quería que le diera mi opinión al respecto sobre esta historia que ella escribió y que, de hecho, empecé a leer un poco una vez en el tren. La verdad es que me pareció algo fantasiosa, como salida de la imaginación de alguien agobiado por el clima de este país, con su cielo nublado y gris, lluvioso y frío la mayor parte del año, lo que ya no es una sorpresa para mí.

Saber utilizar el tiempo libre en Londres es fundamental, el trabajo toma mucho de uno. Por eso cuando viajo al trabajo, leo en el tren o en el bus, siempre y cuando logre ir sentado; de otra manera, al menos dos horas de mi vida, por día, se me irán en el transporte público, de pie y sin poder leer. Un día de estos volví a retomar la historia de Luz. La leí como dos veces en el mismo día. Y noté algo muy particular, por el tipo de personaje que ella describe, algo que me hizo recordar mi antiguo trabajo, entonces le presté más atención a su historia. Habla sobre un niño, y eso me despertó una sospecha inquietante. Me intrigó entonces leer con más detenimiento otra vez la historia:

"En el centro de la ciudad hay un parque muy grande. Es tan grande que parece un bosque dentro de la ciudad. En el parque hay un lago también muy grande. A las personas que visitan este lugar, aunque aparentan ser discretas, siempre se les puede ver murmurando sobre un niño que dicen haber visto merodeando por los alrededores del lago del parque. Al parecer el chico es de la zona. Le han visto con una joven mujer, llevándole de la mano. —Es raro-, suelen decir. El niño les inspiraba una cierta inconformidad. Como sea que fuese, lo cierto es que el niño llamaba a la joven mujer, *mum*.

El parque era enorme y estaba lleno de árboles. Para la gente pasar por el lago significaba presenciar a las aves revoloteando en el agua; pero era usual ver al niño observando a las aves, lanzando pequeñas piedras al agua de cuando en cuando.

La forma como fijaba la mirada en cuanta cosa las aves hicieran lo sumía como en un trance, fascinado por verlas juguetear.

Pero a nadie le importaba un chiquillo con el gusto por ver pájaros. A la gente no le interesa lo monótono; aunque vivamos enredados en ello; por naturaleza nos atrae presenciar lo inusual, o lo que a la vista es violento, o como suelen algunos decir para moderarlo, lo diferente.

Pero el niño tenía algo mejor en que ocuparse, algo que paralizaba el tiempo en torno a él. Un espectáculo tal que lo hacía cautivo de ese instante. Aquello era sencillamente el hecho de ver cómo las aves más grandes se deslizaban desde el cielo hasta posarse en el agua creando ondas en la superficie. El estruendo repentino de un graznido lo hacía volver en sí. Parte de su fascinación tenía que ver con producir él mismo sus propias ondas en el agua lanzando pequeñas piedras al lago, piedras que su madre recolectaba para él en una pequeña bolsa de tela. Y cada vez que lanzaba una piedrita las aves también se ahuyentaban y algunas volaban fuera del lago, lejos de la vista. Cuando esto ocurría, el niño se quedaba mirando al cielo sobre la copa de los árboles, como si quisiera seguirlas a dónde sea que estas se van cuando vuelan.

Una vez se le ocurrió una idea; pensó que si podía seguir a las aves, sabría a dónde volaban después de dejar el lago. El problema era que las aves vuelan para no dejar rastro. Entonces se escondió entre los arbustos de una de las orillas del lago con la intención de atrapar a una de ellas. Y corrió hacia el agua tan rápido como pudo; pero fue inútil, las aves eran demasiado rápidas.

El tiempo se le estaba acabando. Las aves pronto dejarían el lago antes de que el frío del invierno fuera insoportable, y volarían hacia quién sabe qué lugar que el niño aún no conocía.

El clima en la ciudad estaba cambiando, en ocasiones el cielo se ponía gris hasta oscurecerse casi por completo debido a las nubes de lluvia acompañadas de un viento frío. Es curioso, pero esto influye en los estados de ánimos que también cambian con el clima. Pero la vida en la ciudad continuaba su curso.

El único que parecía no inmutarse por estos cambios era aquel particular niño; él seguía en su hábito de merodear por ahí, con su madre observándole todo el tiempo. El frío no parecía reducir sus energías, como si él no formara parte de la dinámica en la que todos se movían ni mucho menos estuviera presente en el tiempo que todos vivían. Nadie mejor que su joven madre sabía eso.

Entre las historias relacionadas con el parque, hay una que ella solía contarle al pequeño. —Espera y verás —decía—. y conocerás a las aves más grandes y bonitas de todas. La historia decía que cada cierto tiempo llegaba al lago un tipo de ave superior en tamaño a todas las demás.

El niño sonreía cuando escuchar aquella historia. Una vez, en una mañana gris, casi tan oscura como la noche, el niño se ocultó entre los arbustos y esperó paciente. El calor del sol nunca llegó, y la poca luz que había esa mañana se fue opacando más y más por lo nublado del cielo. La niebla hizo su parte, se fue dispersando sobre la ciudad, invadiendo todos los espacios, a través del aire. La ciudad quedó totalmente cubierta, como a oscuras, y el parque en ella, y también el lago. La densa niebla fue como una cortina frente a los ojos de todos en la ciudad, como si los párpados se hubiesen cerrado de un solo golpe. Y todo se desvaneció en total oscuridad y silencio. El niño quedó solo, sin la protección de su madre, a merced del frío y la oscuridad de aquella negra mañana, entre los arbustos a la orilla del lago.

Aunque el sol no salió las aves estaban despiertas, pero permanecían en silencio. De pronto, de la garganta de algún animal que al menos él no reconocía, se oyó un ronco graznido. Un potente y raro sonido que viajó a través de la niebla. El pequeño se alertó y su corazón se exaltó con algo de miedo. El niño salió de entre los arbustos disparado hacia la orilla del lago, guiándose por el sonido que escuchó. Debido a la prisa y a la falta de luz, tropezó y cayó en uno de los tantos charcos y quedó todo lleno de barro. Se levantó como pudo removiéndose el barro de la cara, y he ahí finalmente lo que había estado esperando. Entre los parches que el aire dejaba entre la densa niebla se pudo ver lo que producía el graznido.

Ahí estaban aquellas magníficas aves que no solo eran grandes, sino que eran las más hermosas que había visto en toda su corta vida. Algunas de aquellas gigantes batían sus enormes alas desplazando la niebla a su alrededor, haciendo además silbar al aire con sus plumas y provocando ondas en el agua debido al fuerte batido de alas. Quedó maravillado por aquello. Pero, sobre todo, esto significaba su oportunidad de conocer el lugar a dónde estas volaban, como una ventana por la cual escabullirse. Pero para ello debía atrapar a una.

Entonces, empujado por la naturaleza de su curiosidad, se abalanzó sobre una; la abrazó con todas sus fuerzas para intentar dominarla. Entre graznidos violentos, el ave abrió sus gigantes alas y extendió su largo cuello, y alzó vuelo, increíblemente galopada por un niño.

Un instante después, y mientras todavía el niño volaba en caída libre, cerró sus ojos, y su cuerpo impactó violentamente el agua. Y una enorme onda concéntrica se formó en la superficie. Y todo quedó en silencio. Desde entonces nadie volvió a ver a aquel niño. Pero todavía hay alguien que visita el lago, camina por la orilla, y de cuando en cuando lanzan pequeñas piedrecitas al agua, mirando absorbida por las ondas que se producen en la superficie en cada impacto, como una evocación al cisne negro para que vuelva a posarse en el lago, para que avive las aguas con las ondas que produce, para que devuelva lo que se llevó."

La historia de Luz me hizo recordar mi antiguo lugar de trabajo. Habían pasado ya seis meses desde que empecé mi actual empleo en la compañía de Traducción

Audiovisual. En este lugar los fines de semana son libres, a diferencia del anterior empleo. Me gustaba mucho lo que hacía antes, por el tipo de interacción que yo tenía con la gente. Algo mucho más humano y nada tecnológico, sin computadoras en frente de mi cara, sino pura interacción humana. Por eso al menos cada dos meses regresaba para trabajar, al menos por un sábado. Era además una forma de visitar el lugar y no perder de vista a mis excompañeros, especialmente a algunos de ellos con quienes había desarrollado una bonita amistad.

Me alegraba estar de vuelta. El lugar era un centro de juego para niños con necesidades especiales con dificultades de aprendizaje producto de su autismo. A ese centro de juego, en inglés también se le llama *playground*, un lugar increíble donde he aprendido tanto sobre la conducta humana y su naturaleza, el gusto de los niños por jugar, por interactuar con otro ser humano pese a sus dificultades para interrelacionarse o asimilar situaciones básicas que la mayoría de las veces se tornan complicadas debido a que el autismo distorsiona la manera en que los sentidos perciben el mundo exterior, llevando a la persona que lo padece a tener que hacer frente a altos niveles de ansiedad. Por eso es algo que no puede compararse con pasar toda la semana trabajando frente a una computadora, uno siente que realmente hace algo por alguien y ellos lo reconocen en una forma única. Algunos de los niños que asistían al centro todavía se acordaban de mi nombre; para mí eso es invaluable.

Al final del día, mis compañeros y yo acostumbrábamos irnos al pub, y ahí se conversaba de todo y de nada. Siempre había algo nuevo que comentar, qué has hecho, qué tal tu nuevo trabajo, si te mudaste de apartamento y en qué parte de Londres vives ahora, si estás saliendo con alguien nuevo, que las burlas sobre algún tema vigente en la política. Lo gracioso del caso es que a la par de una cerveza las cosas pierden seriedad y ganan risas, algo tan necesario en esta ciudad donde los impuestos y el trabajo constante no dan tregua. Cuando le pregunté a uno de los compañeros si todo andaba bien en el playground, me dijo que sí, aparte de lo ocurrido con Nuno. Y que el día anterior, precisamente, se había cumplido un año de lo sucedido.

Yo había olvidado eso por completo. Recuerdo la primera vez que vi a Nuno en el playground, fue también mi primer día de trabajo ahí. Yo estaba en el patio, y mientras una de las encargadas del lugar me mostraba el sitio y me explicaba la dinámica de trabajo, vi a Nuno aparecer de entre los arbustos; doce años de edad, con el prototipo físico de un futuro atleta, esbelto, ágil, lleno de energía, y además muy simpático, pues si lo saludaban ofreciéndole la mano él estiraba la suya para corresponder el saludo a quien fuese. Vi que traía un tipo de pequeñas flores azuladas, las llamadas *bluebells,* que brotan en la primavera. Lo vi sentarse en una de las partes donde el suelo estaba embaldosado. La trabajadora del lugar, medio sonriendo, me hizo un gesto con la mirada para que me acercara con ella adonde estaba Nuno, y vi que había tomado las flores y las había pulverizado con un suave movimiento de yema de dedos, al punto de hacer de estas una masa en forma de bolita que luego colocó en el piso y untó contra la superficie corrugada del concreto, hasta rellenar cada poro del embaldosado donde al final quedó una mancha entre púrpura y verduzca. La trabajadora, con voz afable le dijo, "Hola Nuno" y le extendió la mano para

saludarlo, algo que él correspondió sonriente. Aunque no pareció inmutarse mucho a pesar de nuestra presencia, pues había seguido en lo suyo, al ritmo de su propio tacto, desintegrando aquellas flores.
En eso mi celular vibró en mi mano, lo vi rápidamente y noté que era un mensaje de Luz. Me alegró. El mensaje preguntaba si podía llamarme. Le pedí a mi compañero un momento, respondí el mensaje, salí del pub y Luz entonces llamó:
- Espero no haberte interrumpido – dijo -. Quería disculparme por no responder antes. Pero me pregunto si te gustaría ir por un café, mañana. Solo si tienes tiempo. Además, quería preguntarte si has leído la historia que escribí. No te quito más tu tiempo, envíame un mensaje si estás libre.
Fue todo lo que dijo y cortó, ni siquiera me dejó tiempo para darle una respuesta. Me metí de nuevo al pub para volver con mis compañeros. Una hora después me despedí y me fui para mi apartamento, todavía pensando en lo de Nuno. Nadie podía creer lo que había pasado. Como trabajadores del lugar no se nos daba detalles de lo que sucede en la vida privada de los niños ni de sus familias. Yo desconocía totalmente esa parte. Además, por un asunto de ética, el playground esperaba de nosotros absoluta discreción en casi todos los aspectos relacionados con nuestro trabajo. Yo recién esa noche, gracias a la variedad de temas en las conversaciones y la confianza entre los compañeros, me enteré con más detalles lo del accidente de Nuno.
Al parecer una mañana, en el invierno pasado, su madre lo llevaba a la escuela, y mientras pasaban por un lugar muy concurrido de la ciudad de pronto ella se desmayó,

algunas personas se acercaron rápidamente para ver lo que pasaba al verla ahí tirada en el piso, entonces el chico, asustado, corrió hacia la calle y un carro lo atropelló. Los testigos del accidente reportaron a la policía que Nuno aún estaba vivo para cuando llegó la ambulancia, dijeron que incluso intentó levantarse después del impacto. Pero murió en la ambulancia, en los brazos de su madre, que ya se había reincorporado, solo para verle irse.

El autismo es muy complejo, y afecta no solo la vida de las personas que lo tienen, también la de sus familias, que le hacen frente a un verdadero reto de vida.

En el camino de vuelta a casa, mientras iba en el tren, recibí otro mensaje de Luz preguntándome si iba a poder reunirme con ella. Le respondí que sí porque realmente quería verla. Pero siendo honesto, a mí no me hacía gracia el hecho de que no haya respondido ni un mensaje la vez que traté de contactarla. Y ahora aparecía esperando sencillamente que fuera yo el que estuviera disponible. Pero bueno, era Luz. Luego me sentí un poco mal por reaccionar molesto, y por la forma en que llegué a juzgar su actitud cuando ella evadía simples preguntas que no le daba la gana responder. La verdad es que esto me enseña a ser más discreto. Luz merece respeto por lo fuerte que es ante la vida que ha llevado.

La historia de Luz, que hasta ese momento me había parecido una total fantasía, no resultó ser lo que juzgué, pues no era sencillamente solo producto de un ejercicio del taller de terapia de escritura. Pienso que ella no necesariamente quería escuchar mi opinión al respecto, sino más bien ser escuchada, aunque sea por medio de su texto.

Al día siguiente, cuando iba en el tren para encontrarme con Luz, leí su historia una vez más, y allí finalmente comprendí que ahí estaba la respuesta a mi pregunta. Londres podrá ser muy grande, con el espacio suficiente para solapar mucho de la vida de sus habitantes, pero situaciones como estas la hacen una ciudad en la que tarde o temprano nos enteraremos de algo de lo que esta ciudad quería mantenernos al margen.

Luz ya estaba en el café esperando, sonriendo. Le di la mano para saludarla; además de un beso por mejilla como se acostumbra en este país. Colgué mi abrigo detrás de una de las sillas y me senté. El mesero se acercó para tomar nuestra orden, y cada quien pidió su acostumbrado café.

Lo primero que Luz me preguntó fue si había leído su historia.

- Cuatro veces -, le respondí. Le dije que su historia tenía una inventiva bastante fantástica, que lo había notado en ciertas partes del texto y por eso no me había quedado claro, que si me las explicaba quizás yo podría hacer una mejor crítica. Y otra vez esa molesta actitud de ponerse seria, acompañada de sus acostumbrados silencios cuando se le preguntaba algo que no quería responder. Me dieron ganas de decirle ahí mismo lo molesto que era eso. Sí, como cuando le envié tantos mensajes de texto para localizarla y ni siquiera se dignó a responder uno solo hasta que le dio la gana. Es que, si no fuera por el esfuerzo que me impuse para no ser severo con mi opinión, Luz me habría oído. En eso me miró fijamente, seria, y entonces asintió con la cabeza.

- De acuerdo – dijo -, voy a aclararte algunas cosas para que entiendas un poco más mi historia. Te contaré cómo era mi vida hasta hace algún tiempo, así el resto tendrá más sentido para ti.

Y así comenzó Luz a contar su historia:

"La alarma del celular sonaba a las 6: 45 de la mañana. A esa hora me despertaba, casi cada día. Me levantaba para ir directo al baño fuera de mi cuarto. De camino tocaba la puerta del cuarto contiguo. Sabes, todavía siento la necesidad de tocar esa puerta. A veces lo hago, y giro la manija y entro, y es cuando todavía espero que la primera palabra en escuchar sea *mum*, al punto de sentir un nudo en mi garganta que aprieta más y más, un nudo que solo reduce su ahogo en lágrimas. Y es cuando salgo de su cuarto y me voy a la cocina, para preparar algo para desayunar, para quebrar esa emoción que viene con los recuerdos. De cualquier manera, no es fácil, porque la ración de la comida, en casa, era siempre para dos, para mí y para Nuno".

José Luis Gutiérrez Trueba

Hay una frase bastante conocida de Joaquín Sabina en la que se define como mal novio, pésimo amante y peor marido, pero un amigo estupendo. Se podría decir lo mismo de este autor y su relación con el deporte, con las aerolíneas baratas y el estudio de lenguas extranjeras. Y con las 5 raciones de fruta y verdura al día, la vida después de la muerte, las manchas de sudor; y por supuesto con la literatura. Aunque no tiene ni idea de lo que pudiera ocurrir con sus lectores, si es que alguno osa ser el primero.

EL LIBRO DE TUS VISITAS

No caí en la cuenta hasta que abrí el armario para colgar el traje. Quizás si lo hubiera tirado en el sofá como siempre no habría caído en la cuenta de nada, pero aquella noche estaba tan cansado de trabajar todo el día que confundí la pereza con la desgana. Cuando llegué al hotel puse la colonia y el cepillo de dientes de mi neceser en el baño, las mudas en dos montoncitos sobre la cama, las zapatillas perpendiculares a la alfombra, el libro de lectura en la mesita. Mi nuevo hogar caducaba en siete horas y no sé por qué hice lo que nunca hago, y como no lo sabía también me fui hasta el armario para colgar el traje. Era enorme, se podía entrar y estar de pie y correr maratones dentro. La moqueta seguía siendo verde, me tumbé como hace unos años cuando dijiste que aquel era el único claro

seguro del monte para acampar y pasar la noche. Maravillosa loca, y así fue, dormimos dentro.
Después de pagar la noche, a la mañana siguiente me acerqué hasta el baño del fondo del recibidor. En la esquina, junto a la planta inerte y la lámpara de pie que venden en un pack juntas, estaba el libro de visitas. A ti te encantaba escribir algo con ese boli verde y gordo que invernaba en tu bolso. Había que ser muy cursi o estar amargado para triunfar en esa novela de carretera, por eso siempre lo hacías tú, que no eras ni cursi ni amargada. Pasé un montón de páginas hacia atrás, no recordaba cuándo pudo haber sido. Continúe pasando más páginas hasta que arriba en una esquina, con esa letra verde llena de claraboyas y rascacielos decía: "La cama está dura, el armario se derrite. Popeye y Oliva". Hasta que abrí el libro de visitas no caí en la cuenta de que seguía enamorado de ti.

Creo que la casa andaba más o menos cerca de la ciudad, hora y media a lo sumo. Recuerdo que habíamos estado visitando varios pueblos seguidos, de esos que alguien decide que estén en línea recta. El vuelo era por la tarde, así que tenía tiempo suficiente para llegar. Pagué una millonada, aunque el taxista insistió en que me había hecho un precio especial por aquel trayecto en forma de u, uve y uve doble. Tuvo que esperarme afuera unas cuantas veces, fuimos a varias casas hasta que por fin, en una selva de viñedos, encontré en la que nos habíamos quedado. Mientras una familia con cuarenta niños monopolizaba la recepción, ojeé el libro de visitas al que nadie hacía caso, y al rato aparecimos: "Hemos pasado

aquí 33.456 días fantásticos, sobre todo los cuatro en los que hubo agua caliente". Reservé una sola noche, pedí el desayuno a primera hora y un coche de alquiler en la puerta. Cuando me preguntó mi nombre me moría por decirle Ulises, que Penélope llegaría más tarde.
Ahora ya no podía volver a casa. No podía y no quería. Hice la llamada nada más levantarme. ¿Hola?... sí, soy yo, Alfredo... la reunión se alargó bastante, no, no... todo bien, aceptaron la oferta... sí, tardaron tanto en firmar que perdí el vuelo... no, me quedé a dormir... oye, si no te parece mal estoy pensando en quedarme unos días por aquí, me quedan vacaciones y... claro, aquí siempre hace sol, ya sabes que me encanta este país... vale, vale, muy bien, ya hablamos.
Las dos semanas siguientes se me hicieron diez minutos. Recorrí el país haciendo espirales. La ruta del vino, la de los faros, la de la brisa y el viento. En la catedral más grande del mundo, Karl Marx y su muñeca hinchable se arrodillaron al ver llorar a Cristo crucificado. En el museo de arte clásico, Salvador Dalí y Gala le dibujaron patas de elefante a la Gioconda. Conduje muchos kilómetros tras el olor del mar, buscando la casita a rayas del acantilado. Allí en el libro solo había un beso, pero hecho con hollín de chimenea. Luego subí la cordillera y creo que un par de ocho miles, me costó pero encontré el refugio de la montaña, con tu página llena de arena de playa y una especie de alga disecada.
Y por fin llegué al castillo del risco, en el que querías colgar chorizos de las almenas. Más de 33.456 veces soñamos con que nos tocase la lotería. Beber champán, salir en la tele y empapelar las caballerizas del castillo con billetes morados. Desde el foso casi ya se distinguía a

Dulcinea, así como bailando en la torre de la triste figura. El puente levadizo era de metacrilato. No había nadie, el hall de entrada estaba muerto, solo carteles verdes de salidas de emergencia. Fui directo hacia el libro, custodiado por dos enormes velas que parecían pantallas de plasma.

Por una vez me leí con calma los electrocardiogramas que escribe la gente con letra plana, fueron cientos de páginas. Quise medir tu ritmo cardiaco en los suburbios del ángulo recto, pero tampoco había nadie. Ni Cleopatra ni Marco Antonio, ni John Lennon ni Yoko Ono. Solo quedaban viejos solares, cuarteados como los países en África. Muros desnudos sin pintadas ni carteles, sin tu firma con boli verde.

Después de mucho tiempo, perdido allí estaba mi telegrama. "Bonito sitio. Alfredo Molina y Sonia Sánchez". STOP. Arranqué la hoja con rabia, poco a poco empecé a incinerarla en el candelabro. Mientras sonaba la alarma de incendios me caí y me levanté mil veces. Ni con ese taladro desangrándome en la oreja hubiera sido capaz de caer en la cuenta.

AHORRO ENERGÉTICO

Diez, nueve, ocho, siete, seis... la cuenta atrás era demasiado aburrida. Estudiar, buscar trabajo, hipoteca, boda, tener un hijo, divorcio, boda, tener otro hijo más... siempre lo mismo. No cabían las sorpresas. Lo único importante era contar todos juntos, que nadie se quedara rezagado. Soledad se juró a sí misma no volver a iniciar una cuenta atrás en su vida, pero se equivocó. Contó con alguien, no quiso quedarse atrás, fue divertido, y encima delante de una farmacia.

No se olviden de cambiar la hora esta madrugada, repitieron durante todo el día los noticiarios de la BBC, a las 2 serán las 3. Aquella primavera Soledad decidió romper con la hoja de ruta establecida. Se negó a cambiar su reloj y habló con Nick para cortar con todo. Estar con alguien solo por no querer estar sola era estar sola dos veces. Nada más cogió lo que entraba en una maleta, el resto se quedó apuntalando la puerta de un charity. Subió en el piso de arriba de un autobús rojo para que la deslumbraran las farolas y no bajó hasta dejar de ver luces amarillas. Su nuevo hogar estaba allí, en la otra punta de Londres. Parecía un buen lugar para abrir un negocio seguro: una funeraria o una relojería. Alguien tenía que parar la cuenta atrás. Quería vivir más despacio, al menos retrasado del resto una hora

En Octubre de ese mismo año, los periodistas volvieron con el mismo comunicado, en esta ocasión la orden a acatar por el ejército de peleles era a las tres cero cero de la mañana. Este domingo finaliza el horario de verano, a las 3 vuelven a ser las 2. Horacio no retrasó su reloj. Fue poco antes cuando se había hartado de ganar 800 libras al día en Canary Warf, de hacer inversiones fantasmas y comprar hipotecas falsas. Había hecho un saco de dinero desde que llegó a Londres, y lo único que le apetecía ahora era quemarlo. El valor de sus ahorros daba tanto asco que aumentaba si un nazi acuchillaba a una miembro del Parlamento. Al día siguiente llamó a la planta 45 del Banco donde trabajaba, les dijo que se olvidaran, que ya no volvía. Por primera vez en su vida se sintió adelantado al resto, al menos en una hora. Esa rebeldía le recordó a Madrid, a Sole y a la buhardilla de la calle de la Madera. Ocho años después no era capaz de recordar por qué aquello se fue a la mierda.

- Vámonos de aquí Sole, ya me he cansado de ganar 800 euros al mes – le decía Horacio casi todas las semanas
- Yo no me voy a la aventura, no quiero acabar limpiando platos
. ¿Y aquí como crees que vas a acabar? El país se está hundiendo, aquí no hay platos para todos
Pocos meses después Horacio desapareció para siempre. Las camisas colgadas en el armario, el cepillo de dientes en el borde del lavabo, los calzoncillos usados en la cesta de mimbre. Todo se quedó en el mismo sitio. No parecía que se había ido, parecía que se había muerto. ¿Y qué es lo que se hace con la ropa sucia que deja un muerto?
Pasó demasiado tiempo hasta que volvieron a verse por casualidad. Otra vez en Madrid. Fue cuando las manifestaciones en contra de los recortes del Gobierno, aquellos meses en los que el país estaba indignado. Soledad escuchó en la Gran Vía que alguien gritaba Sole, y así solo había dejado que la llamara Horacio. Hacía más de tres años que él se había largado de España, y ella jamás quiso saber dónde. No sabía qué hacer, como saludarle, darle la mano o darle un beso. Pero un beso dónde, no creía que supiera besarle en la mejilla.
Pasaron la tarde juntos de cañas, hablando de su Madrid, el que hicieron suyo cambiando el nombre de las calles. Tirso de Molina era la calle de las Palomitas Dulces, San Vicente Ferrer la de las Palomitas Saladas. Volvieron a todos los bares a los que solían ir y que la mitad había cerrado la crisis. Al final Horacio le arrancó un beso en la Plaza de la Paja. Entonces empezaron los reproches del pasado, las promesas incumplidas, esas preguntas que se respondían a la vez que se hacían. - Pero déjalo ya, todo eso ya no tiene arreglo – le dijo Horacio - vente conmigo,

vamos a olvidarlo todo y a empezar desde cero, como si no nos conociéramos.
- Sigues siendo igual de egoísta que siempre Horacio, otra vez me pides que deje todo y que me vaya contigo –se hizo un silencio
- Lo siento Sole, soy un imbécil, olvídate de lo que te he dicho –empezó a bajar el tono de la voz- soy yo el que deja todo. La semana que viene me vengo aquí
- Y ahora me dices esto, ahora que me has encontrado por casualidad en la calle
- Sí, ahora te lo pido. Y si te hubiera encontrado antes, antes te lo hubiera pedido
- ¿Y qué pasa si no nos hubiéramos visto? ¿Entonces qué?
- Sole, te llame mil veces, nunca me cogiste, nunca respondiste a mis mensajes
- Pues ahora no quiero. Ahora, ni nunca, quiero. –gritó ella- Adiós Horacio, espero que te vaya bien y que ya seas millonario, a eso te fuiste, ¿no?
- ¿Millonario? –contestó enfadado- Solo busqué mi futuro
- Eso es, buscaste tu futuro, solo él tuyo.
- Eso no es verdad
- Tengo que irme –dijo interrumpiéndole- Y ni se te ocurra seguirme, mi novio me está esperando ahí abajo. Hay gente que sabe esperar ¿sabes?
A paso muy ligero, casi corriendo bajó la cuesta que llegaba al centro, Horacio no hizo caso y la siguió, pero no pudo, enseguida se perdió entre las calles. Había miles de personas manifestándose, la Puerta del Sol estaba abarrotada, llena de gente acampada en tiendas. Horacio empezó a marearse. Muchas pancartas decían "Sí se puede", y sus ojos se volvieron translucidos. A menos de cien metros estaba Sole, metida dentro de una tienda de

campaña. Cariño, ¿dónde estabas?, llevo esperándote más de cuatro horas. Se abrazó a él disimulando sus lágrimas mientras le decía: no exageres, ni que hubieran sido cuatro años.

Cada último fin de semana de octubre y sin cambiar su reloj, Soledad se ajustaba automáticamente al meridiano de Greenwich, volvía a sincronizarse sin quererlo con el resto de los londinenses, con todos menos con uno. A Horacio le ocurría lo mismo, desde marzo hasta el otoño avanzaba los mismos minutos que el resto de Londres, menos con Sole, que siempre andaba una hora fuera de su órbita.

Todos los días se bajaban en la estación de *Mile End*, pero nunca se veían. No había ni escaleras mecánicas, ni ascensores. Era fácil, solo un andén largo y estrecho para transbordar en el metro. Ella salía corriendo de un vagón de la *District Line* para meterse en la Central, y él de la *Central Line* para meterse en la District. Parecían esos relojes que están en el hall de entrada de los Bancos internacionales: Paris, Tokio, Nueva York, Pekín... juntos, colgados paralelos en la pared, pero cada uno marcando una hora diferente.

Pekín a diario pensaba en Tokio, se la imaginaba viviendo en la costa, con un marido de Murcia y mamá de dos niños pálidos. Puede que más delgada, pero con el mismo color de pelo. Era rubia cuando se la había encontrado hace unos años paseando por Lisboa de la mano de un imbécil. Les siguió media tarde sin que lo supieran, parecía un maniaco, hasta que subieron al tranvía.

Tokio soñaba con Pekín cuando en duermevela se quedaba en el metro. Ya tendría que estar calvo, y divorciado de aquella pelirroja con la que le vio hace tiempo montado en un barco de esos que cruzan el Bósforo. Tokio estuvo escondida en popa todo el viaje, tapándose la boca para reír.

Hubo un sábado de otoño en el que una venerable anciana del sur de Inglaterra olvidó en el metro su maleta porta sombrero victoriana. Su inseparable valija había envejecido tan mal que la habían salido arrugas con forma de paquete sospechoso. Una mujer embarazada que intentó retirar aquel bulto para sentarse, dio la voz de alarma. Era pesado y desprendía un extraño tic tac. Encima, olía muy mal. Pronto llegó la policía, que interrogó metódicamente a todos los pasajeros. La District Line estuvo cerrada bastante, el tiempo que tardaron los artificieros en desarticular la amenaza de bomba. Ese último sábado de octubre, en el que de madrugada siempre se volvía a cambiar la hora, hubo una venerable anciana del sur de Inglaterra que imprudentemente desafió a toda la red de transporte público londinense, haciendo un uso inapropiado y más que grosero de una maleta porta sombreros: dentro había cinco *scones* rellenos de mermelada y un voluminoso despertador con orejas.

Una hora después se reanudó el servicio y llegó el metro con Soledad, y miles de personas más, a Mile End. Justo en ese momento, del tren que estaba enfrente bajaba Horacio. Una marabunta alocada cruzaba el andén de un lado para otro, poco más de cinco segundos las puertas de los vagones permanecerían abiertas. Mientras corría, Soledad se tropezó con la esquina de un banco, cayendo en las rodillas de Horacio. Oyó como una voz conocida le decía Sole. Levantó la cabeza, todavía no estaba calvo. Él se quedó atontado, mirando hacia abajo cómo seguía teniendo el mismo color de pelo.

- ¿Horacio? ¿Eres tú? ¡No me lo puedo creer! Pero si me dijeron que estabas en Sídney
- Sería Singapur, pero ya volví hace mucho, ¿y tú? ¿qué haces tú por aquí?
- Vivo en Londres, hace ya casi tres años.
- ¿Cómo? -sonrió Horacio-, pero si tú odiabas Londres.
- Ya. Y lo sigo odiando. Tú también odiabas llevar traje ¿no? -dijo señalándole

Pasaron la noche juntos bebiendo pintas, hablando de Londres, de dónde coño se metía el sol durante 10 meses, del *sorry* y del *thank you*. Fueron a varios pubs hasta que acabaron cantando a Oasis abrazados a unos parroquianos. Buscaron alguna tienda de alitas de pollo para comer algo y por el camino bautizaron un par de calles, era incluso más divertido hacerlo en inglés. Mientras miraban la super luna más brillante de los últimos 80 años, Horacio le robó un beso en un puente sobre el canal.

- Sole, quiero casarme contigo.
- Pero qué dices, loco.
- Ahora mismo. No quiero volver a esperar otros seis años para intentar besarte en Nueva York, o en Paris, a saber dónde. Estoy harto de encontrarte por casualidad y después de cinco minutos volver a perderte, eres como un anuncio de navidad en la tele.
- Pues yo si me caso tiene que ser de blanco marfil –soltó con rapidez, siempre se le dio bien eso- así que nada, corre, vete a despertar a un pastor anglicano antes de que me arrepienta.

- Sería capaz de sacar de la cama a la *Prime Minister* – dijo Horacio mientras ella reía- cásate conmigo ahora, dime que sí, donde tú quieras. Vamos a Westminster, ahora no hay turistas.
- ¡Pero si son las tres de la mañana! Estás borracho
- ¿Son ya las tres? –dijo alarmado- no llegamos entonces. Vamos aquí al lado, Londres es como Las Vegas, solo hay que saber qué capillas son las que nunca cierran.
Horacio la cogió de la mano y atravesaron corriendo el parque. Un taxi les deslumbró con las luces cuando cruzaron en rojo la avenida principal, giraron la calle donde la estatua al antiguo alcalde, y justo en la esquina había una pequeña farmacia.
- Es aquí –dijo Horacio parándose enfrente del escaparate-, por una vez nadie ha llegado ni muy pronto ni muy tarde, así que ni se te ocurra plantarme en el altar.
Cinco, cuatro, tres, dos, uno… ceroooooo... gritaron abrazados mientras contaban como dos tarados los segundos que marcaba el reloj digital que estaba en la cruz verde de la farmacia.
Tras la 2:59 el reloj marcó las 2:00, poco después llegó el invierno cargado de energía

East London, Winter 2017

NO TE QUEDES DORMIDO EN EL METRO

El metro iba a reventar. Quizás hubo un concierto, o un accidente en la carretera, cualquier tontada. La mayoría continuaban convencidos de que eran superiores. Hasta incluso los más viejos, aún nostálgicos de la época del Imperio, se veían dotados de un cierto halo de divinidad, pero este país era un caos ante cualquier imprevisto. Siempre se tenía que seguir el proceso estipulado, las normas y los mandamientos escritos. No estaban preparados para la espontaneidad.
Había pensado segundos antes de entrar en hacerlo allí mismo, en el andén, una multitud se apelotonaba por delante de la línea amarilla. Al final entró, volando hacia la luz blanca como un insecto. No sabía si era mejor sentarse o ir todo el rato de pie, en varias páginas había

leído opiniones diferentes. Miró hacia arriba, buscando el cartel con el trayecto y las paradas de la línea. Estaba entre un anuncio de un plan de pensiones y otro de cómo limpiar la conciencia en Occidente: "Salva a Siria. Manda HELP al 54433 donando £10".

Faltaba bastante todavía para llegar. Los pasillos estaban vacíos, toda la gente que no había conseguido coger un asiento se empeñaba en apoltronarse cerca de la salida. Culturalmente decían que estaba asociado a la idea de no violar el espacio natural del individuo, pero aquel argumento no se sostenía viendo cómo la masa se apretujaba en las salidas del vagón. Algunos hasta se agachaban y retorcían la cabeza para no pegar con la bóveda del techo. Quizás la razón para no pasar hasta el fondo era solamente no querer despertar a los que estaban dormidos.

Al poco rato quedaron bastantes asientos libres. Prefirió no darle más vueltas, y se sentó en uno de los sitios del medio:

- Es curioso que incluso aquí los negros quieran vivir solo con los negros ¿no? –le soltó, justo al sentarse, el tipo que tenía al lado

- ¿Perdona?

- Sí, negros. Fíjate, todos se han bajado aquí, y esto es un barrio de negros ¿no?

- Bueno –vaya modo más inaceptable de iniciar una conversación con un desconocido, pensó–, no creo que sea por el de color de piel, es más probable que se trate de un tema meramente económico.

- ¿Tú crees?

- Claro. A mí también me gustaría vivir en un barrio limpio y bonito y con más servicios, pero aquí esos son los barrios más caros. Y bueno, es verdad que la mayoría que viven allí son blancos, blancos ricos claro.

- No sé, no creo que solo se trate de dinero. Me parece que lo que pasa es que no tienen el suficiente valor para arriesgarse. Se engañan a sí mismos creyendo que ese es su único destino solo por ser negros –calló unos instantes y ante la ausencia de respuesta siguió con la frase fácil-. Por cierto, me llamo Andy.

- Yo me llamo Mark –le estrechó la mano mientras se preguntaba dónde había visto a ese tipo antes- encantado de conocerte

- ¿Y llevas mucho viviendo aquí?

- Bueno, yo soy de Londres

- Ya decía yo que hablabas muy bien inglés, perdona, pensé que eras extranjero

- Sí, a veces me pasa. Son mis padres los extranjeros, yo no, ¿y tú de dónde eres?

- Yo soy latinoamericano, de El Salvador, un país chiquito.

- Será bonito ¿no?

- Lindo sí. Pero bueno, ya hace tanto que me fui de allá, que ya casi que se me olvidó. Da mucho miedo venirse para acá, pero al final todos acabamos aquí.

El tren tomo una curva cerrada, chirriando con fuerza durante varios segundos. Dejaron de hablar porque no se entendían. Luego tardaron un poco en comenzar de nuevo la conversación.

- No sé ni donde bajarme, ¿tú ya lo has decidido? –arrancó Andy-. Me iré al centro, se supone que es lo mejor, ¿no?

- A mí no me gusta, está siempre lleno de gente que tienes que esquivar y te empuja. Es imposible estar tranquilo

- ¿Tú crees?, pero en el centro lo tienes todo. ¿Quién no va a querer vivir allí?
- Al final no viven tantos. La mayoría son turistas. Vienen a pasar unos días y se marchan.
- ¿Y adónde van?
- Pues los turistas volverán a sus casas ¿no? –contestó Mark mientras Andy le miraba con sorpresa-. También hay mucha gente de Londres, pero que vive en otra zona. Vivir en el centro es carísimo, pero fíjate en las casas, casi todas están vacías. Son de millonarios que las compran para blanquear dinero y luego viven en otra parte. A veces solo pasan 15 días al año aquí, otros no llegan ni a eso.
- Claro, claro, ahora lo entiendo. Son millonarios que intentan limpiar sus pecados al precio que sea.
- Muchas mansiones, pero pocas luces encendidas. El centro no refleja lo que de veras es esta ciudad. Es solo un parque de atracciones con teatros, casinos, comida china, una noria gigante y hasta una Reina.
- Pues poco dinero puedo blanquear yo, más pobre que las ratas –dijo Andy con pena, mirando el cartel del recorrido que hacía la línea- Hay demasiadas paradas y poco tiempo para elegir, ¿por qué lo hacen tan difícil? Creo que me voy a bajar en la siguiente. He oído que ahora está de moda vivir por aquí, por algo será.
- Que yo sepa es un barrio indio
- Pues ahora parece que los blanquitos adinerados están echando a los indios de toda la vida del barrio.
- Las mezclas no suelen funcionar muy bien.
- Ya sabes, estos indios creen en la reencarnación –afirmó Andy ignorando el comentario de Mark.
- Bueno, no todos, también hay indios musulmanes.

- Ah, pensé que esos estaban en Pakistán. Yo viví con un indio de estos un buen tiempo, y la verdad, a mí me parece que están mal de la cabeza –dijo Andy dándose golpes en la coronilla mientras Mark reía con fuerza-. El indio este se arrodillaba y rezaba a un elefante de varias cabezas. Tenía como una especie de altar en su cuarto. Según él ya se había reencarnado 1350 veces, y calculaba que todavía podría vivir otras casi dos mil vidas más.
- ¿Otras dos mil?
- Sí, de eso estaba convencido. Y que vendría un monstruo con un ojo a liberarle, y no sé qué más cosas sin ningún sentido –Andy hizo una pequeña pausa- estaba chalado perdido, aunque para ser sincero, si se pudiera, también me gustaría reencarnarme.
- Es un hecho bastante improbable.
- Ojalá existiera de verdad para poder reencarnarme en un inglés.
- No te entiendo –preguntó confuso Mark.
- Sí, ser inglés. Ser un tipo distinguido con ropa cara. Inglés. Y que juegue al golf, –contestó Andy convencido- Es que si me reencarno en uno de esos gordos medio retrasados, que se pasa la vida viviendo de los *benefits*, de las ayudas del gobierno, pues casi que prefiero quedarme así como estoy.

Mark a veces agradecía la sinceridad que sin complejos despachaban los emigrantes. Cuando sus padres llegaron a Londres como refugiados, el gobierno les alojó en una destartalada habitación de un *estate*, también recibían una pequeña asignación económica cada semana. Luego su madre se quedó embarazada, y el *estate* se convirtió en una modesta casa en las afueras. Sus padres le repetían demasiadas veces lo mucho que tenían que agradecerle a este país. Lo que nunca le contaron es quién tiraba las bombas que les hicieron abandonar su tierra.

- Así por fin dejaría de ser un emigrante –continuó diciendo Andy- Antes de llegar a Londres, viví en Estados Unidos, en Canadá y en España. Siempre eres la amenaza foránea que vigilan con lupa, al que no se le perdona ni un error. Ya estoy harto de ser una visita molesta en todas partes.

Mark no pronunció palabra. En ese momento pasaron delante de ellos dos judíos ortodoxos. Con sus barbas, sus coletas y sus gorros.

- Estos todavía son más raros que el indio del elefante ¿no? –dijo Andy a la vez que Mark volvía a reír con fuerza- anda que pasarte la vida así con esas pintas de alelados. ¿No te has fijado en las mujeres?, les afeitan la cabeza cuando se casan, y luego les ponen pelucas.

- No deberían someter a la mujer de ese modo –afirmó Mark.

- Al menos les vemos la cara, y hay alguna que, bueno, paliducha, pero es guapa. Peor es lo del burka. ¿Te imaginas que tuvieras que ponerte una escafandra cada vez que sales a la calle? Yo ni saldría.

Mark miró hacia otro lado, sabía que casi lo más importante era ser amable y mantenerse en calma, pero aquel tipo empezaba a ser incómodo.

- Vaya, se me pasó la parada de la "reencarnación" –rió Andy de su propio chiste-, pues nada, tendré que buscarme otro final. Estoy aquí hablando contigo y no me doy ni cuenta por dónde vamos. Igual te estoy cansando ¿no?, es que cuando estoy nervioso hablo demasiado. Perdona, soy muy pesado. Voy a ver si ganó ayer el *West*

Ham y así te dejo en paz –dijo cogiendo un periódico que estaba tirado en el asiento de al lado.

¿Cómo un extranjero puede ser aficionado del West Ham?, –pensó Mark– pero si es un equipo de perdedores, que nunca gana nada, ¿por qué no apoya al Arsenal?

Cinco minutos después Andy volvió a hablar.

- El *Daily Mail* parece una revista de humor. Fíjate, sale una noticia de una mujer inglesa del norte, de Hull, que un día se levantó de la cama con acento polaco. Parece ser que es una de esas enfermedades raras que tienen solo 200 personas en el mundo, el síndrome del acento extranjero. Está con un tratamiento especial, con psicólogos y varios médicos. Por lo visto ahora la miran mal en el autobús, la timan los taxistas, incluso varios niños en la calle le dijeron que se volviera a su país. Este periódico es de locos.

- No deberías creerte lo que dicen los periódicos, casi todos mienten –afirmó Mark con rotundidad

- Ya, pero no sé, ahora con todas las enfermedades raras que hay, ¿y si es verdad? Pobre mujer. Estará deseando morirse

- No hay que temer a la muerte, no es el final del trayecto.

- Pues yo tengo mucho miedo. ¿Qué es lo que va a pasar? No es que sea católico, pero a mí me educaron en ello, y una persona mala yo creo que no lo he sido en la vida. Así que si nada raro pasa debería irme bien, aunque no puedo dejar de pensar qué voy a hacer si en el Cielo me siento también un emigrante

- Perdona, ¿qué quieres decir?

- Si, emigrante. Al fin y al cabo es otra vez lo mismo. Llegas nuevo a un lugar que no es el tuyo. Aquello va a estar lleno de personas de otros países que llevarán una

eternidad viviendo allí, y ya se considerarán locales. Tendré que hacer como siempre y juntarme con salvadoreños. Espero que no me hagan el vacío los que haya, o que renieguen de sus raíces. A ver si hay suerte y no están todos en el infierno.
- No te preocupes. El alma no tiene nacionalidad - nada más decirlo Mark no pudo evitar recordar lo que decía su pasaporte, ¿y qué significaba aquello? ¿Golfista distinguido o gordo retrasado?
- Ya, eso suena muy bonito. Puede que Dios creara el alma sin nacionalidad, pero date cuenta que lo que toca el hombre enseguida lo etiqueta. Dime alguna cosa que no tenga dueño –preguntó Andy mientras Mark guardaba silencio-. Como en el Cielo las cosas no me vayan bien a ver qué hago, porque creo que emigrar a otro sitio ya es imposible.
En ese momento Andy sintió la aguda punzada del tacón de un zapato. Alzó la vista y era una chica, probablemente japonesa. Avergonzada por su pisotón, le pidió perdón muchas veces seguidas con bruscas reverencias con la cabeza. Andy la miró con asco, increpándola que si era idiota, que se fijara por donde andaba. Un japonés nunca era un emigrante y eso le dolía. Podía ser un inversor, un producto activo de la economía, cualquier cosa seguida de varios ceros, pero nunca un emigrante. Quitándose los zapatos, la chica corrió hacia el fondo del vagón lloriqueando.
- Ahora encima se pone a llorar. Así se arreglan las cosas, moviendo la cabecita para arriba y para abajo como una marioneta. Qué si lo siento mucho, que si perdón, qué si *sorry*. ¡Ya estoy harto de tanta hipocresía! ¡Qué más dará

ya ahora! –gritó Andy, levantándose del asiento hacia la salida, mientras increpaba a todo el mundo.

Con un pie ya en el andén, un grupo enorme de haraposos que subían cargados de bultos, volvieron a meter a empujones a Andy dentro del metro. Se desperdigaron a lo largo del vagón, por grupos, taponando las puertas de salida. De cada una de las maletas salieron varios instrumentos musicales, y en breve un estruendo de vientos desafinados inundó el ambiente. Varios hombres hacían con las trompetas una especie de jazz frenético, intercalando otros tantos con acordeones y violines. La música diabólica y embriagadora se colaba y no se iba de la cabeza. Dos chicas se levantaron y sin apenas dudarlo se pusieron a bailar y coquetear junto a los músicos. Uno de ellos cargando con una bolsa de viaje iba ofreciendo botellas de *prosecco* y cerveza a los pasajeros. Pasaba una gorra también y solo le echaban billetes. El contagio y las burbujas subieron de golpe, y en poco tiempo el vagón entero bailaba abrazado.

Mark fue el único que no se levantó, atónito presenciaba sentado cómo el espectáculo iba subiendo de intensidad cada vez más y más. El baile era salvaje, las manos subían las faldas y bajaban a la entrepierna. Después de tantos años viajando en el metro era la primera vez que veía algo parecido. Aquello se había convertido en una fiesta loca, era un auténtico desmadre. Esos seres transparentes que hacía nada se habían ignorado, ahora estaban liándose los unos con los otros. Andy besaba a dos chicas a la vez, y al fondo varias parejas se revolcaban contra la pared, alguno de ellos medio desnudo.

Tras haberse saltado un montón de paradas, el tren frenó de repente. Una decena de policías subieron gritando y

con las porras en alto. La gente asustada se sentó rápidamente. Los músicos hicieron el milagro de escapar por algún hueco del fondo, con sus bártulos en la mano.
La policía enseguida se fue, ni se preocuparon de que la legislación vigente prohibía que se hubiera consumido alcohol allí dentro. Las puertas permanecieron abiertas un buen rato, pero nadie se atrevió a bajar. Después llegó el silencio, solo ese zumbido eléctrico que se apodera de los túneles. El tren intentó moverse, no fueron más de 5 metros, luego la megafonía soltó el habitual *signal failure*, y después de bastante tiempo arrancó.
Por más que rezó Mark, aunque estaba en la otra punta, un Andy sonriente cruzó el largo pasillo y acabó sentándose de nuevo con él.
- Qué bien tocaban, me han hecho olvidarme hasta de donde estoy. Una pena que haya subido la policía.
- Con el alcohol habéis perdido la cabeza. Casi acaba en una orgía –le cortó Mark de mal gana.
- Ya te digo. A esas dos rubias del fondo que ahora ni me miran las he metido mano por todas partes –rió Andy muy crecido-. Oye, ya no se ni por donde vamos, creo que la siguiente es un barrio lleno de musulmanes. Igual están las 72 vírgenes esas que dicen esperándonos con carteles de bienvenida en la boca del metro. O con carteles con mi nombre escrito. *"Welcome Mr Aguilar Cáceres"*. Así, como hacen los de los hoteles. Siempre deseé que alguien me hubiera hecho eso en el aeropuerto. ¡Venga vamos! –gritó exaltado- ¡36 vírgenes para ti y las otras 36 para mí!
- Me temo que no debe quedar ninguna mujer virgen en esta ciudad –sonrió Mark con picardía-, aunque eso que estás diciendo de las vírgenes no es así.

- Como estén con el burka puesto no te preocupes que no me voy a pegar contigo para repartírnoslas, ¡72 huevos sorpresa! –dijo Andy, acompañado una vez más de su risa histriónica- Yo con cuatro o cinco chicas ya me conformo. Que a ver quién es el listo que aguanta a 36 toda la vida. Eso sí, que me hagan el *kamasutra* entero. Virgencitas, pero con estudios. Vamos hombre, ahora a mis años ponerme yo de *Doctor Amor*, dando clases magistrales para quinceañeras mojigatas.

Mark se revolvía en su asiento, no podía soportar más a semejante imbécil. ¿De qué le sonaba tanto su cara? Era un pobre diablo. Pronto se daría cuenta de que las mujeres en el Paraíso pertenecían a otro dueño.

De la nada apareció una chica deambulando por el pasillo, con la cara demacrada y apestando a alcohol. Me he dormido en el metro y me han robado todo. El teléfono, la cartera, la *oyste*r -balbuceaba con su voz rota-, y ahora no sé cómo volver a casa.

La gente siguió pendiente de sus móviles, con los auriculares puestos. Andy ni la miró a la cara. Mark se llevó la mano al bolsillo dándole las monedas que tenía. Luego se frotó en el pantalón las manos. La camisa, la frente. Estaba empapado. No recordaba haber leído que el sudor pudiera arruinarlo todo.

El metro cruzaba toda la ciudad. El barrio turco, el barrio bengalí, el barrio de los artistas, el barrio jamaicano, el barrio gay. Londres era una ciudad de ciudades. Con un alcalde que nunca quiso controlar más que el transporte público y la policía, no salpicarse demasiado y tener contentos a sus votantes.

- No podemos seguir dándole más vueltas, –titubeo Andy- se nos acaba el tiempo. Imagínate cual va a ser la última parada.
- ¿Qué tiempo? Perdona pero no entiendo lo que dices
- Mira, tú haz lo que quieras, pero yo me bajo en esta. Voy a por lo seguro. Me bajo aquí que me han dicho que hay un montón de latinos en este barrio. Y lo primero que voy a hacer es buscar un bar salvadoreño para tomarme un aguardiente, ¿te vienes entonces o qué? La primera la pago yo.
- No gracias, yo voy a seguir.
- Pues entonces yo tampoco me bajo. Me bajo donde tu bajes.
-No entiendo lo que te ocurre amigo –Mark comenzó a ponerse nervioso.
- ¿Cómo que no entiendes?
- ¿Qué te pasa? estás histérico con donde bajarte. Bájate donde sea y ya.
- ¿Donde sea dices? –dijo Andy haciendo una mueca nerviosa. Entonces Mark recordó en qué lugar había visto esa cara antes. Fue ayer, en el metro también.
-Sí, ¿qué más dará? Baja donde sea, da un paseo. Disfruta. Qué se yo.
-¿Pero cómo puedes estar tan tranquilo? Ahí plantado como un espantapájaros, ¿no tenéis sangre los ingleses o qué?, ¿no ves que como te bajes en un sitio de mierda ya no hay vuelta atrás? Este va a ser nuestro último viaje.
-Pero, ¿tú quién eres? ¿de qué me conoces? –preguntó Mark asustado. Si no había dicho nada sospechoso, ¿cómo pudo haberle descubierto?
-Nunca pensé que esto iba a ser así, que yo mismo tendría que elegir mi destino final. La decisión más importante de

mi vida va a ser la última que tome, y encima lo tengo que hacer metido en un metro.

Un escalofrío intenso atravesaba el cuerpo de Mark. Para qué esperar más. Tenía que hacerlo en aquel mismo instante. ¿Y por qué mejor no hacer nada, no tomar ninguna última decisión y bajar con el salvadoreño en la siguiente parada?

-No sigas aquí metido. Vente ya ahora conmigo, por favor. No quiero bajarme solo. Estoy muerto de miedo – suplicaba Andy entre lágrimas.

Las puertas se abrieron pero Mark permaneció inmóvil, aferrado a su sitio. Intentó decirle que no se fuera, que él tampoco quería hacerlo solo, pero sin una brizna de aire para sacar las palabras de dentro.

-.Me voy, no puedo esperar más –se despidió Andy desde el umbral de la puerta-. Buena suerte. Y ten cuidado, no te quedes dormido.

Pasaron diez, quince, quién sabe, a lo mejor solo fueron un par de minutos. El tiempo era elástico, se estiraba sobre los raíles. El metro estaba a punto de llegar a la City. El corazón financiero del mundo, el foco de poder del Universo. De allí salían las órdenes y las decisiones que afectaban el devenir de la humanidad, y quién sabe, quizás también al de la inhumanidad. Miles de personas trabajaban en sus rascacielos a diario, pero solo unas pocas familias nobiliarias poseían el derecho de vivir allí. No pensó en su hija pequeña, ni en el Arsenal, ni en los malditos Estados Unidos. Solo se le venía a la cabeza aquel Andy, con su ridícula alma multicolor. Cerró los ojos metiéndose la mano bajo la chaqueta. ¿Será Alá tan grande como dicen? Buscó la cuerda para tirar de ella, pero allí no había nada. Era imposible que con los nervios se hubiera dejado la bomba en casa. Las puertas se cerraron y no volvieron a abrirse hasta que llegó el tren al depósito.

Cuando entraron a buscarle, Mark dormía con la cabeza apoyada en el cristal. En el suelo yacían varias páginas de periódico pisoteadas, no se podía leer que una hablaba del atentado que se había producido ayer en el metro. La lista de muertos era inabarcable, más de 45 países involucrados. Desde el más grande de Asia al más pequeño de Centroamérica.

Bajo las fotos de los cadáveres, junto al pie de página, había un pequeño anuncio que ofertaba sin mucho criterio viajes organizados a Londres. Ni clases de inglés, ni pubs centenarios, ni siquiera *Jack the ripper*, el reclamo era "vuela al paraíso desconocido". Y quién sabe si es cierto. Muchos se van a Londres, pero nunca nadie ha vuelto para contarlo.

Diana Huarte

Nació en Buenos Aires y reside en Londres desde 2008. Su principal vocación artística se manifestó siempre a través de la música: es cantante y miembro de un grupo de música electrónica. Pero hace algún tiempo, una operación de tiroides la obligó a tener que reeducar la voz y suspender momentáneamente su carrera, lo que la llevó a buscar expresarse a través de la escritura. Estos son dos de sus primeros resultados.

LAS AMIGAS

Había llovido toda la tarde y Alejandra pensó que nunca tenía suerte organizando comidas en el balcón terraza. Parte del espacio estaba techado sí, pero si llovía fuerte todo se iba a la mierda como pasó el año pasado cuando cayó ese chaparrón inesperado y tuvieron que entrar tan rápido que rompieron dos copas de cristal Riedel.
"Seguro que a los maridos de ellas no les importó, porque son tan brutos que les da lo mismo tomar en una copa Riedel que en vaso de plástico" Pero así eran los maridos que sus amigas habían elegido. Grasas con plata.
Sonó el timbre, eran Aurelia y Mario. Ella abrió la puerta y los hizo entrar.
-Siéntense chicos.

Mario se sacó la campera de cuero marrón y la arrojó en el sofá.

-Dámela, que la llevo a la habitación- dijo Alejandra. Le reventaba que el tipo ni bien llegara empezara a tirar sus porquerías en cualquier parte.

Alejandra se dirigió a Aurelia.

-Nena, ¿por qué no vas a la cocina y descorchás una botella de champagne? Puse tres a enfriar, elegí la que más te guste.

-Dale, buenísimo, nosotros trajimos también unos vinos, mirá...- dijo Aurelia.

-¡Uy, gracias Aurelia!- exclamó Alejandra alzando una botella de Carmelo Pati Grand Assamblage y otra de Lágrima Canela de Bressia- mis vinos preferidos.

-¿Cómo Aurelia, si los garpé yo? – intervino Mario con tono irónico.

-Si mi amor, pero la que tiene buen gusto y es experta en vinos es ella no vos- dijo Alejandra- y se imaginó a sí misma tomando la lámpara de metal que estaba al lado de Mario y golpeándolo con ella una y otra vez hasta hacerlo callar para siempre.

En vez de eso, sonrió, fue a la habitación con la campera de Mario y la tiró en la cama con asco, fue al baño en suite, abrió la pequeña puerta del botiquín y sacó una caja de Rivotril. Se fijó en la fecha de vencimiento para asegurarse de su efectividad, les quedaba un año todavía. Dejó caer dos pastillas en el suelo y las aplastó con el taco hasta pulverizarlas. Recolectó el polvo, lo puso en una bolsita y se lo metió en el bolsillo.

Una punzada en el costado derecho del bajo vientre la inmovilizó, respiró hondo, se tiró un pedo que pensó no tenía final. Siempre pasaba lo mismo cada vez que veía a los maridos de sus amigas, como si la repulsión que le inspiraban se materializara en forma de gas y tuviera que escupirlos por el culo.

Después volvió a la cocina y comenzó a poner la mesa con Aurelia. Su amiga tomó una botella de Veuve Cliquot de la heladera y sirvió tres copas, le llevó una a Mario que había encendido la televisión y comentaba un partido de futbol con sonidos guturales.

Las entradas estaban casi listas. Alejandra mezcló el Rivotril en la mousse de palta y langostinos que le tocaba a Mario, quería pasar una buena velada y él se la estaba arruinando.

"Una buena dosis, así se duerme hasta mañana el infeliz", pensó.

Cinco minutos más tarde llegaron Clara y Norberto. Ella cabizbaja, dulce y sumisa y él con el gesto de prepotencia que lo caracterizaba.

-Disculpá que llegamos temprano- la saludó Norberto- Pero la Ferrari nueva es una máquina, volamos a todas partes y todavía no nos acostumbramos.

Ella se dio cuenta enseguida, el maquillaje de Clara no lograba cubrir del todo bien los golpes. Sabía que Aurelia estaba pensando lo mismo y agregó

-Ok, ¿Vamos a comer chicos? Que alegría que estamos todos ¿eh? Y el cielo limpió así que afuera va a estar divino.

Fue hasta la cocina y cuando agarró los dos primeros platos sintió el cuerpo de Norberto detrás de ella.

-¿Te ayudo linda?-le preguntó él.

Giró hacia él y dándole los dos platos le dijo

- Estos dos más pequeños son para Aurelia y Clara, yo llevo el tuyo, el de Mario y el mío en una bandeja.

Norberto rozó los dedos de Alejandra al tomar los platos y ella, sin soltar los platos dejó que sus dedos rozaran los de él también. Sonrió mirándolo a los ojos intensamente. Él con un gesto nervioso hizo un pequeño paso hacia ella, pero Alejandra le puso su mano en la boca y le dijo casi en un susurro
- Andá, que están esperando.
Norberto carraspeó, dio media vuelta y salió de la cocina. La mesa estaba puesta en el centro del balcón terraza.
- Che, pero con esta porción tan chica nos vamos a morir de hambre- dijo riéndose Mario
- El plato principal seguro los satisface chicos, berenjenas a la parmesana.
- ¿Viste Potro? ¡Yo te dije que nadie cocina como Alejandra!- exclamó Norberto eufóricamente.
- Por favor, no lo llames por ese sobrenombre tan ordinario- se quejó Aurellia.
- ¿De dónde lo sacaste?- preguntó Alejandra.
- Fue cuando jugaba de wing en el CASI de San Isidro, como era el más rápido me empezaron a llamar El Potro, a las mujeres les gusta- dijo Mario guiñando un ojo.
Alejandra miró a Aurelia y luego a Clara y comenzaron a reírse sin poder parar. Las tres sabían que Mario era pésimo en la cama, que estaba pobremente dotado, que Aurelia nunca había podido tener un orgasmo con él, y que El Potro era vago y se cansaba fácilmente. Por eso ella tenía desde hacía cinco años a Demián, su amante que la satisfacía plenamente dos veces por semana.
Alejandra y Clara llevaron los platos de las entradas a la cocina y los pusieron en el lavavajillas.
-Ya estoy decidida Alejandra, no aguanto más- dijo Clara de repente con un gesto severo

Alejandra le clavó la mirada y sosteniéndola por los hombros le preguntó.
- ¿Estás segura Clara? La otra vez dijiste lo mismo.
- Sí, nunca estuve más segura- replicó.
Volvieron a la terraza con la gran bandeja de berenjenas a la parmesana y Alejandra sirvió a todos. Comieron en silencio durante algunos minutos hasta que Mario se levantó y se tiró en el sofá.
- No sé qué me pasa que estoy tan cansado hoy- dijo bostezando.
Mientras descorchaban una botella de vino tinto vieron que Mario ya estaba dormido.
- Parece que Mario se durmió - dijo Clara mirando a Alejandra
- Qué lástima, con el hambre que tenía el pobre....- comentó Alejandra escuchándolo roncar despatarrado en el sofá.
-Tengo los tickets para Tosca, logré sacar las plateas en el Colón, estaban casi agotadas – dijo Aurelia cambiando de tema.
- ¡Uf! El Colón, que embole, con esas gordas que gritan, no cuenten conmigo chicas - dijo Norberto.
- Tarde querido –dijo Aurelia - saqué para los cinco como habíamos quedado la última vez que nos vimos ¿o no te acordás? Baratas no me salieron, yo de este muerto no me hago cargo.
- Yo no recuerdo haber aceptado ir al bodrio del Colón.- refunfuñó Norberto.
- No te preocupes Norberto - dijo Alejandra estirando su pierna por debajo de la mesa y acariciando la pierna de él, que sintió la presión del pie deslizándose de abajo hacia arriba - El Colón no es para todos y la verdad es que si te

aburre ¿para qué vas a venir? Nos encontramos todos después de la ópera a comer ¿Te gusta más ese plan querido? Y dirigiéndose a Aurelia agregó - Luego decime cuánto gastaste que yo invito los tickets de los cinco.
-No Alejandra ¡por favor!- dijeron casi a dúo sus amigas.
Ella se levantó de la silla y parándose en medio de donde estaban sentadas Aurelia y Clara dijo
- Shh.... No se habla más - y poniendo ambas manos en los hombros de las dos mujeres dijo remarcando las palabras lentamente - De este muerto me hago cargo yo.
Terminaron el plato y Alejandra anunció el postre, una exquisita Tarta Tatin y luego añadió:
- Lo que haría falta para este postre es un buen vino de Sauternes ¿no les parece? Tengo unas botellas en el sótano de diferentes añadas. Norberto, ¿por qué no venís conmigo y me ayudás a elegir una?
- Pero ¿cómo no? ¡Por supuesto!- dijo él y su pie buscó el de Alejandra por debajo de la mesa sin encontrarlo.
- Dale, vamos. Chicas, este postre es mi obra maestra.
Norberto y Alejandra se levantaron de la mesa y se dirigieron al sótano.
Ella abrió la puerta del sótano y encendió la luz, percibió la respiración entrecortada de Norberto, lo miró de soslayo y calculó cuánto había engordado en estos últimos años, parecía una rata gris.
- Pasá vos primero querido - le dijo rodeando ligeramente la cintura de él con el brazo derecho.
Norberto le sonrió con lascivia y se adelantó. Una patada rápida, letal, en la parte media de la espalda y la rata cayó rodando hasta el final de la escalera.

Alejandra bajó los escalones lentamente y pensó que tenía que poner un pasamanos si quería evitar futuros accidentes.

Tomó el pulso de Norberto pero no pudo encontrarlo. Los ojos abiertos en un gesto trágico del marido de su amiga, pareciéronle una obra digna de ser plasmada en un lienzo. Evocaban, pensó, una pintura de Caravaggio, pero por más que se esforzó en ello no logró recordar cual.

Se paró y fue en busca del vino. Tomó dos botellas, una del 2009 y otra del 2001, ambas añadas excepcionales. Las chicas decidirían por ella.

Subió la escalera con rapidez y les comunicó a sus amigas el accidente. Dejándose caer pesadamente en una silla, susurró con los ojos entrecerrados:

- Tenemos que llamar a la ambulancia.

- Dejá querida, yo me encargo de llamar a la ambulancia, vos ya tuviste demasiada tragedia por esta noche, ¡Que terrible accidente! Aunque tampoco tenemos tanto apuro ¿no? - dijo Aurelia tomando un bocado de la tarta Tatin. Luego fue a buscar el celular que había dejado en la mesa de la terraza.

Clara estaba recostada en un butacón en la terraza, los brazos extendidos colgaban a ambos lados, la mirada perdida en un punto invisible. Un viento frío se levantó de golpe y pareció como si despertase de un trance; caminó con lentitud y entró al living sin reparar en sus amigas. Alejandra, preocupada, le preguntó:

– Nena, ¿querés recostarte un rato hasta que llegue la ambulancia?

- No, creo que necesitamos un trago, ¡qué noche por dios!- dijo tomando una de las botellas de vino de Sauternes y

descorchándola - Tengo que pensar en lo que voy a hacer ahora.
- La ambulancia está en camino - anunció Aurelia mientras ayudaba a Clara a servir el vino en pequeñas copas - ¡Qué rica esta Tarta Tatin! ¿la probaste Clarita? Una obra maestra ciertamente.
- Sí, está deliciosa - acotó Clara tomando un bocado y sorbiendo el vino - Y con este vino es la combinación perfecta, qué bien que estás cocinando Alejandra querida.
- Gracias amigas, cocinar me relaja y agasajarlas a ustedes me alegra la vida - dijo ella sacándose los zapatos y sentándose con las otras mujeres.
- Lo que tendrías que hacer ahora para reponerte de esta trágica situación, Clara, es irte de viaje - dijo Aurelia.
- Es más- intervino Alejandra en un rapto de inspiración- podríamos irnos las tres ¿no? Vos Aurelia tenés un montón de vacaciones acumuladas en el hospital y el consultorio lo podés dejar un poquito también, podríamos hacer un buen viaje por Europa y visitar museos, buenos restaurantes ¿No les parece una idea brillante?
- Sí - dijo Aurelia - ¿Pero con el que duerme que hacemos?
- Por ahora que duerma - dijo Clara.
- Va a estar inconsolable cuando despierte y se entere de lo que pasó ¡Eran tan amigos! En fin - dijo Aurelia sirviendo más vino en las copas - lo mejor que podemos hacer es irnos las tres de viaje - y miró a su marido que seguía durmiendo - y a éste lo convencemos de que se vaya con sus amigos a ver la final de la Copa Libertadores, que al final el fútbol es lo único que le gusta.
-¡Ah!- suspiró Clara - las tres de viaje, todo vuelve a ser como antes, a veces el destino….

- A veces el destino se adelanta a nuestras decisiones, sí- dijo Aurelia asintiendo.
El sonido de una lluvia repentina interrumpió la charla, Alejandra se paró por un momento frente al ventanal de la terraza, el olor de la lluvia la hizo sonreír y pensar en antiguos rituales de purificación.
Aurelia, acercándose a Clara y posando su brazo en el hombro de su amiga le dijo.
- No sufras querida, que todo va a estar bien y vas a salir adelante.
- Sí - respondió Clara- voy a cambiar ese auto horrible inmediatamente, nunca me gustaron las Ferraris.
- Sí por favor querida, ¡no sé como lo soportaste!- exclamó Alejandra alzando los brazos en posición de súplica.
Aurelia miró el reloj de pulsera que llevaba.
 - Ché, como tarda esta ambulancia,- murmuró perpleja- ¿estará bien el otro allá abajo?
- ¿Cómo querés que esté? Hace frío en el sótano así que va a estar bien - dijo Alejandra y sonriendo a sus amigas agregó - No se preocupen chicas que ya no puede ir a ningún lado.
Las tres rompieron en una carcajada incontenible pero como la situación requería seriedad, casi que lo hicieron tapándose la boca.

EL OTRO LADO DEL ESPEJO

Habían pasado muchos años pero lo reconoció entre la gente.
La cara angulosa mostraba dos pómulos que se hundían ahogándose en el hermetismo de unos labios que dibujaban una mueca siniestra.
Lo vio moverse, caminar desde la mesa en que estaba e ir hacia el servicio de hombres. Seguía conservando el mismo porte delgado, elegante y ágil. Sólo los cabellos se habían vuelto totalmente blancos y las arrugas se habían hecho más profundas, como las marcas en el tronco de un árbol.
Él no la vio. Ella estaba en la parte reservada del restaurante al que acudía siempre cuando no quería ser

molestada por fotógrafos o admiradores, pero desde la cual podía ver ciertas partes del lugar sin ser vista, y aquel jueves de mayo, cuando giró su cuerpo hacia la derecha para buscar el celular en la cartera lo vio, y no dudó por un instante en que era él, el hombre que había destrozado su vida.

Pagó la cuenta y se dirigió a la puerta trasera del restaurante por donde salió sin ser vista. Caminó lentamente hacia la casa que había comprado con Wilbur, su novio, seis meses atrás. La propiedad estaba ubicada en Islington, era una casa de estilo victoriano, confortable pero no lujosa. Abrió la puerta con dificultad, sacó el teléfono celular de su cartera y salió al jardín, era un día nublado en el mes de mayo pero al menos no hacía frío. Buscó entre sus contactos el teléfono de Xavier, que cogió su llamado rápidamente. Una conversación directa, sin tapujos.

Xavier era su amigo más íntimo, nacido en Francia como ella pero criado en Inglaterra, se habían conocido en la escuela primaria y conocía como nadie todos los aspectos de su vida.

Sí, estaba decidida, necesitaría los servicios de esa gente que él conocía, los que podían hacer el trabajo. Les pagaría al contado, lo que quisieran. Ellos se encargarían de encontrar la dirección del cliente, ella podría estar presente, claro. Todo sería seguro, rápido, discreto.

Al finalizar la conversación buscó en el bolsillo de su chaqueta un porro que tenía armado y lo encendió, su novio había ido a terminar unos asuntos a la oficina y volvería en unas pocas horas. Aspiró una bocanada y se sintió mejor.

Wilbur Montgomery llenó por segunda vez la copa de ella. Isabelle tomó un sorbo de vino blanco una y otra vez hasta terminar la copa.
- ¿Estás pensando en emborracharte en tu día libre hermosa? - le preguntó a su novia acariciándole la melena pelirroja que le caía sobre un costado de la cara.
- No, sólo espero que la crítica sea mejor esta vez que en la anterior película - respondió ella besando el dorso de la mano de él e intentando sonreir.
- La anterior película tuvo muy buena crítica. ¿Cuándo vas a empezar a disfrutar de tus logros y dejar de ser tan dura con vos misma, querida? ¡Por favor!
Ella corrió la silla para estar más cerca de él y lo abrazó.
- Tenés razón Wilbur ¿Por qué no puedo ser un poco más optimista como vos eh?- y mirándolo fijamente agregó - ¿Sabés? Últimamente tengo una pesadilla recurrente. Sueño que estoy en un pozo que tiene exactamente el diámetro de mí misma con los brazos extendidos hacia los costados, así que me sostengo penosamente con las palmas de mis manos y aguanto la respiración, pero cada vez que exhalo para volver a tomar aire, caigo unos pocos centímetros hacia abajo, y la caída es pausada, constante, y con horror me doy cuenta que para no seguir cayendo tengo que dejar de respirar, pero que si dejo de hacerlo voy a morir de todos modos, pero si mi caída continúa algo terrible me espera en el fondo del pozo y la sensación de ese "algo terrible" me asfixia al mismo tiempo también.

Wilbur parpadeó por unos instantes. Amaba a Isabelle y quería ayudarla pero a veces las confesiones de su novia lo asustaban .

- No tenés que tener miedo porque en el fondo de ese pozo estoy yo para sujetarte, mi amor - dijo besándola tiernamente en la boca.

Ella lo miró y suspiró, le hubiera gustado poder contarle a él todo sobre su pasado, ese paquete invisible que cargaba cada minuto de su vida, dormida o despierta; pero si lo contaba, si desenvolvía el paquete temía que el dolor se multiplicase, que él no pudiera entender el significado de sus palabras, el miedo, la rabia...

Su novio era un hombre simple, práctico, excelente para los negocios, optimista, un tipo inteligente pero al que la vida no había apaleado como a ella.

Wilbur se levantó del sofá, fue hasta la cocina, abrió una botella de agua mineral y sirvió dos vasos. Le ofreció uno a Isabelle acomodándose nuevamente a su lado y como si hubiera leído sus pensamientos dijo:

- No creas que mi vida fue siempre tan perfecta como es ahora, sobre todo porque tengo a mi lado al amor de mi vida - y la tomó entre sus brazos - Nunca hablamos de esto, pero cuando tenía cuatro años mi padre desapareció de un día para otro. Infinidad de veces le pregunté a mi madre, ella dijo que mi padre se había ido en un largo viaje de negocios, pero nunca volvió.

Isabelle descruzó sus piernas perfectas y adoptó una posición rígida. Se sintió terriblemente egoísta: Wilbur era el que siempre la apoyaba, espantaba sus miedos, la calmaba en el medio de la noche cuando no podía dormir. Nunca pedía nada a cambio, era como una página en

blanco para ella, pero sin embargo había historias bajo la superficie, sólo que él nunca hablaba sobre ellas.
- ¿Pensás que tal vez haya muerto y tu madre no supo cómo explicártelo?
- Tal vez, no lo sé, querida - dijo él sirviendo más vino y tomando un largo trago - pero a partir de ese momento mi madre abandonó poco a poco su vida social, dejó de arreglarse y se abocó a trabajar en la universidad. Luego cuando se retiró a edad temprana se convirtió en el ente fantasmal que conociste meses atrás, una persona amable en la superficie pero que pareciera estar siempre en otro sitio al que nunca tuve acceso.
Isabelle pensó en Margaret Montgomery como una luz apagada que se desliza de un lugar a otro dejando en el aire una sensación fría como la pared que divide los muros de una prisión.
Pero nada de esto dijo a Wilbur. Hundió sus dedos en los cabellos de él y los revolvió, eran rubios, muy suaves y siempre estaban en orden. Lo atrajo para sí, y lo besó diciendo
- No lo sabía Wilbur, yo... gracias por contarme esto.
- Te lo cuento porque quiero que no haya secretos entre nosotros. ¿Si me gustaría saber si mi padre murió o no? Sí, claro que me gustaría - y sonriendo como para sí agregó - Tengo algunos recuerdos de él jugando conmigo, era afectuoso; mis padres no estaban casados, como sabés llevo el apellido de mi madre que muy a pesar de su aristocrática familia era extremadamente liberal, así que ni siquiera puedo buscarlo y no puedo forzar a mi madre, ya me contará la historia en su momento, estoy seguro - y parándose de golpe dijo en voz baja con el gesto de un chico que tiene una sorpresa - Mirá, te voy a mostrar algo.

Subió a la planta alta donde estaban situados los cuartos y volvió cinco minutos después con un viejo sobre color azul claro. Lo abrió.

- Estas son algunas fotos que saqué de la buhardilla de la casa de mi madre hace un tiempo.

Eran unas siete u ocho fotos, casi todas de diferentes períodos de la infancia de Wilbur, y sólo un par de una señora Montgomery totalmente diferente de la persona que su novio le había presentado hacía pocos meses como su madre.

Ella se quedó mirando las fotos y preguntó:

- ¿Te ofrecieron trabajo como modelo alguna vez?

- Pues si voy a serte sincero amor mío, sí, me lo ofrecieron. Cuando tenía quince años un agente de modas, mientras almorzaba en un restaurante con mi madre. Lógicamente ella se opuso y todo quedó ahí. Pero no lo lamento: nunca hubiera hecho tanto dinero como hiciste vos como modelo y la verdad es que como bien sabemos mi capacidad para hacer negocios no está nada mal ¿no?

- Mmmmm... Es verdad, pero en lo que estoy segura es que el mundo de la moda perdió un gran talento con una cara y un cuerpo como éste - dijo ella mordiendo los labios carnosos de él que tanto le gustaban.

Wilbur tomó una de las fotos y la colocó en la palma de la mano de su novia.

- Esta es para vos entonces, así podés llevar a tu modelo favorito en la billetera ¿Qué te parece?

Ella abrió la billetera y guardó la foto emocionada, el amor de Wilbur resucitaba a una pequeña Isabelle Belanger que corría por las calles libre, sin miedo, olvidando por momentos la infelicidad que la ahogaba a diario.

Recibió la llamada a la hora prevista.

Repasó mentalmente todas las indicaciones que Xavier le había dado: mantener la calma, manejar con cuidado, usar guantes para no dejar huellas, vestir de un modo neutro y en su caso particular usar un gorro o peluca para no ser reconocida.

Estacionó el auto a cinco cuadras del departamento de él y caminó con la sensación de llevar un bloque pesado subiendo y bajando por la boca del estómago, respiró con dificultad y al llegar a la puerta de entrada tocó el timbre tres veces.

La estaban esperando tres hombres encapuchados, reconoció la voz de Xavier entre ellos, era la primera vez que su amigo presenciaba un "trabajo" pero no quería dejarla sola ya que temía por la estabilidad emocional de ella.

El hombre estaba desnudo tirado de lado en posición fetal, una fina línea de sangre oscura brotaba de su ano. Lo miró y el recuerdo imborrable que la torturaba desde hacía veinticinco años hincó sus dientes en ella sin piedad.

Guardó el gorro de lana y los anteojos en el bolso de mano y lo dejó en el escritorio que ocupaba al fondo de la biblioteca. Una súbita sensación de calma la sorprendió al acercarse al rincón donde él esperaba el desenlace incierto de esa mañana inesperada.

Se agachó por detrás y sujetándole el pelo con la mano derecha levantó bruscamente la cabeza y hundió la lengua en su oído.

– ¿Te acordás de esto, hijo de puta?- murmuró con la voz seca - ¿Te acordás cuando me sentabas en tu falda, me besabas en la boca, me abrías la camisa del uniforme del colegio y me apretabas los pechos diciéndome que era para que crecieran bien y metías tu mano sucia por debajo de la bombacha?
Él no contestó, ella pensó que tal vez se lo había hecho a tantas que ni siquiera la recordaba. Ante este pensamiento, una oleada de rabia nubló su mente por completo como el telón que cae al final de una función de teatro y golpeó la cabeza de él fuertemente contra el piso de madera. Tres veces. Él emitió un grito sordo.
- Esperabas que saliera de casa, me seguías y me llevabas a tu departamento, dejándome desnuda en el centro de la habitación para humillarme. Me ponías de rodillas, mi boca abierta y tu pene asqueroso entrando y saliendo y a tomar hasta la última gota, si largaba algo me pegabas, lógicamente sin dejar huella. El dolor que sentí cuando me penetraste diciendo que me lo merecía, que era mala y sucia, yo llorando, vos tapándome la boca para que no se escuchen los gritos, riéndote. Yo no quería salir a jugar más, estaba horrorizada pero mi madre me hacía salir y yo no que estoy cansada y ella que llamo al médico y yo no no por favor, pero ¿qué te pasa, hay algo que quieras contarme y no te animás? Y yo que no, pensando que si un médico venía iba a saber que era mala y sucia y que mamá no iba a quererme más - se paró y lo pateó fuertemente en los riñones.
Xavier se acercó a ella y le dijo que tenían que dejarlo con vida porque si no sí, iba a haber complicaciones. Isabelle asintió.
Volvió a agacharse y le susurró nuevamente al oído

— Ahora recibiste lo mismo que recibí yo, pero menos. Un año me torturaste hasta que un día te esfumaste ¿tal vez porque encontraste otra víctima más tierna? Años con miedo de salir a la calle, años en darme cuenta que no era yo la mala sino la víctima y comenzar una terapia. ¿Sabés qué? Vamos a volver, te vamos a encontrar donde mierda te metas hijo de puta y te voy a torturar, voy a despedazar de a poquito con todo el dolor que tengo los años que te quedan, porque ahora la que tiene el poder soy yo.
Ella esperaba una reacción pero él nada dijo. Lo escupió en la cara, se levantó y caminó hasta el escritorio donde estaba su bolso, el pesado bloque subiendo y bajando en su pecho ya no estaba. Se sintió aliviada por primera vez en veinticinco años.
Miró a su amigo, a los otros dos hombres y sonriendo les dijo que era tiempo de partir. Tomó el bolso y un portarretratos que estaba sobre el escritorio cayó al piso. Lo levantó y lo miró. En él había representada una escena familiar: su torturador mucho más joven, tal vez en sus treinta y pico sosteniendo con su mano la mano pequeña de un niño muy rubio de tres o cuatro años de edad sonriendo a cámara, y una mujer de lado arrodillada, sosteniendo la otra mano del niño que a su vez sujetaba un globo amarillo con un dibujo borroso. Miró cuidadosamente la fotografía y volvió a colocarla en el escritorio.
Pero entonces le pareció recordar algo y cerró los ojos para corroborar lo que ya presentía inevitable, metió la mano en el bolso para sacar su billetera y al abrirla, un niño muy rubio de tres o cuatro años de edad la miraba sonriendo a cámara.

Sintió que todo lo que la rodeaba se diluía lentamente, esperó unos minutos para mirar nuevamente al hombre tendido en el rincón y comprender que ella nunca tendría poder alguno sobre él, que aún sin moverse, él estaba destrozándole la vida por segunda vez.

Tania Mujica

Tania Mujica Romero nació en Venezuela. Se graduó de Licenciada en Educación Integral en La Universidad Simón Rodríguez. Realizó estudios de postgrado en Psicología Educativa y en Andrología en las Universidades Simón Rodríguez y Santa María respectivamente. Posteriormente se mudó a Londres. Estudió en la universidad de Kingston y actualmente trabaja enseñando español en la escuela primaria, lo cual combina con su trabajo en una academia y dando clases privadas. Entre sus intereses se encuentra andar en bicicleta, viajar, coleccionar experiencias y amigos, tomar fotografías, leer y escribir un poco.

MORIRÉ SI NO VUELVO A VERTE

Lo dijo con la picardía de un guiño enamorado, cuando se despidieron.
Ana lo vio alejarse en el taxi y el recuerdo de sus besos la invadió con nostalgia mientras continuaba con la mirada ausente en el horizonte hacia donde había seguido el taxi, ya desaparecido en la distancia.
Cabizbaja pensó en sus maletas, aun esperándola en el vestíbulo del hotel. Que ironía, pensó mientras repetía entre labios sus palabras: "Moriré si no vuelvo a verte"...

El zumbido del avión era molesto y continuo como el ensimismamiento en sus pensamientos. ¿Quién lo diría? En este avión, hacia este destino.

Había ido tantas veces a Suiza que esquiar se había convertido en un talento necesario y venir por cualquier otra razón parecía como una pérdida de tiempo y de disfrute.

Cómo es la vida, pensaba Ana, hoy coincidentemente se cumplían treinta y cinco años desde la primera vez que se subió a un avión. Aquel primer viaje había sido "un gran logro" o por lo menos así lo había sentido ella y de esa manera se lo había celebrado la familia entera durante la fiesta de despedida.

Después de todo fue "la primera de casa en graduarse e ir a Europa" como decía orgulloso su padre a cualquiera y cada vez que podía. Ni siquiera era la primogénita y aunado a eso era mujer. ¡Guao! ¡Qué logro! Una sonrisa involuntaria se dibujó en sus labios mientras los recuerdos la embargaban.

Este viaje, quizá por las circunstancias, le recordaba a Ana el nerviosismo que sintió en aquel primer vuelo de poco más de 10 horas, que además le habían parecido siglos. Reía dentro de sí al recordar que se había abstenido de beber o comer ninguna cosa ofrecida por la azafata, sólo por temor a que fuera "muy caro", hasta que la mujer del asiento de al lado se compadeció y le preguntó si no le gustaba la comida que ofrecían o si era alérgica. Ana recordó que se había sentido muy avergonzada por haber sido tan obvia su ignorancia pueblerina - ya que era la primera vez que viajaba en avión - y se excusó explicándole a la mujer que se encontraba muy nerviosa para comer nada.

Hoy en día le hacía gracia pensar en eso, ¿A que le temía?. pensaba ¿A que el avión se cayera? ¿A perderse? ¿A equivocarse? ¿A no volver? En aquel momento esa posibilidad le hubiera parecido imposible, dos años y medio de contrato y a casa otra vez, se decía muy segura. Pero la vida le probaría qué equivocada estaba entonces. Qué viaje tan distinto a éste de hoy. Aquel de hace 35 años había sido un viaje lleno de esperanzas, de expectativas, de ilusiones, de un nudo en la barriga ante lo novedoso y lo desconocido y otro en la garganta por lo que dejaba atrás.

Hoy en cambio volaba en primera clase y esta vez sabía perfectamente a lo que iba. Sólo la consolaba -pensó- la convicción de que finalmente el sosiego y la tan anhelada paz la esperaban al final del viaje.

El tiempo realmente es elástico porque ese recuerdo de hacía más de treinta años rememoraba en ella emociones que le parecía haber sentido sólo ayer. Tal vez es que estoy más sensible de lo usual, se dijo a sí misma, me ha costado tanto llegar aquí, pensó.

De repente, un poco de disturbio en el vuelo hasta ahora muy tranquilo, el inminente mensaje de la azafata pidiendo calma y ajustarse el cinturón nuevamente debido a que "el avión está atravesando cierta zona de turbulencia", obligaron a Ana a centrarse en el presente una vez más.

Algunos pasajeros se hallaban verdaderamente alarmados, el avión estaba dando tumbos en el aire y se oía el llanto inconsolable de un bebé, lo que añadía estrés a una situación ya bastante agobiante. El capitán habló por el parlante encomiando a la serenidad. Estaba lloviendo y todo se sentía dramáticamente tenso y angustiante. El capitán insistía en que "la normalidad se recuperará en breve" y recomendaba a que todos los pasajeros se mantuvieran en sus asientos.

Los minutos se sentían interminables ante la abatida que se recibía entre el mal tiempo y la mencionada turbulencia.

Esto sí que sería una ironía: venir a morir ahora en un accidente de avión, pensó Ana entre asustada y divertida, sobre todo después de tantos conflictos previos y peleas. Pero si se cayese este avión ahora... pensó y le hizo gracia imaginar esa posibilidad. Entonces no pudo evitar reírse en alto, pero inmediatamente una vergüenza evidente la invadió, sintió la mirada inquisitiva de los pasajeros cercanos buscándole "la gracia" a la paralizante situación actual, había un silencio casi sepulcral a excepción del bebé llorando y a ella riendo a voz en cuello. Los nervios me hacen reír, se excusó con la pasajera vecina, quien la miró seriamente sin asentir ni negar, lo que la obligó a recuperar la compostura de inmediato.

El vuelo se normalizaba lentamente y con eso la tranquilidad de los pasajeros y la tensión en el avión, el llanto del bebé aún se escuchaba, Ana se dio vuelta y pudo ver a la madre que ahora caminaba a lo largo del pasillo haciendo esfuerzos visibles por calmarlo, notablemente nerviosa y parecía que su bebé también podía percibirlo, lo que dificultaba la calma a ambos. ¡Pobrecilla! pensó sintiendo pena mientras la observaba, recordando lo estresante que en ocasiones en el pasado le había sido a ella misma lidiar con sus propios hijos en ciertas situaciones sociales.

El bebé finalmente calló, tal vez se durmió del cansancio, imaginó Ana, la madre no se veía ya, quizás había regresado a su asiento. La mujer sentada a su lado se levantó, probablemente para ir al baño.

Ana notó la hora: ya eran casi las 6 pm, en una hora y algo deberíamos estar aterrizando, pensó. Falta poco, se dijo a sí misma. "Y pensar que el lunes todo habrá terminado", y una palpitación involuntaria la hizo estremecer un poco.

El taxista que sostenía un letrero con su nombre la esperaba puntualmente a la salida del aeropuerto.

Hacia el Ritz, le indicó Ana quien paradójicamente se encontraba de muy buen humor, aunque un poco cansada después del vuelo. Aquel hecho inesperado al final del viaje, haber conocido a aquel hombre (debía reconocerlo, aunque su conciencia insistía en rechazar la idea) había producido en ella algo impensado y definitivamente inesperado: había removido alguna sensación que ella ya no estaba dispuesta a admitir.

Todo había ocurrido cuando su vecina regresó del toilette. Ana se había levantado, era su turno de estirar las piernas, y el libro que había traído consigo se cayó del asiento hacia el lado del pasillo. Al intentar recogerlo una mano desconocida se adelantó y se lo alcanzó, acto seguido una voz grave seductoramente masculina le interpeló:

- Cortázar, excelente historia, de mis libros favoritos, ¿ya lo leyó?

Ana notó por vez primera al pasajero vecino del otro borde del pasillo, era un hombre de traje, canoso, de tez aceitunada, contrastante con unos profundos y grandes ojos verdes resguardados detrás de unos anteojos cuadrados de vidrio sin montura evidente, con un hoyuelo en la barbilla y una sonrisa tan dulce que a Ana le resultó más embriagante que el trago de jerez que aun sostenía.

- Gracias. Sí, más de tres veces, Rayuela es quizá mi libro favorito también -respondió Ana articuladamente, aunque se sintió ruborizar.
- Yo cinco. Mucho gusto, me llamo Jorge - se introdujo a sí mismo el flamante desconocido - así que esta nueva lectura le adicionará una más a su lista - agregó sonriendo.
- Encantada, yo soy Ana, pues a decir verdad con tanto percance y susto durante este vuelo ni siquiera lo he abierto esta vez, será difícil que lo termine así - y se sonrió pícaramente.
- Es completamente comprensible, en realidad la turbulencia y el mal tiempo nos ha hecho sobresaltarnos a todos. ¿Y usted vive en Suiza o viene por placer?
- No, no. No vivo aquí. Podría decirse que este viaje será solo una corta visita. ¿Y usted? ¿Negocios?
- ¿Es tan obvio? - preguntó el interpelado asomando su perfecta dentadura en una dulce sonrisa - En realidad, esta vez por placer y trabajo. Mi hija vive en la ciudad y se casa mañana en la noche, descansaré el domingo y el lunes negocios, estaré hasta el próximo viernes. Sólo una semana - concluyó.
- ¡Enhorabuena! - agregó Ana - un hijo no se le casa a uno todos los días.

La azafata pasaba nuevamente, esta vez recogiendo los desechos.

Ana aprovechó la interrupción para excusarse, levantarse e ir al servicio. Mientras esperaba frente a la puerta cuya señal en rojo señalaba "ocupado" Ana rememoró al recién conocido vecino de pasillo, por alguna razón le dio la impresión de que en su breve atención le había coqueteado. ¡Qué absurdo! No, definitivamente no, qué paranoia, se dijo enfáticamente a sí misma, definitivamente era su extra sensibilidad y una recién descubierta necesidad de atención lo que la estaba haciendo fantasear con absurdos. Ese caballero solo fue gentil, se dijo, además, ¿como para qué? Totalmente absurdo, concluyó. La puerta se abrió, Ana entró al servicio mientras escuchaba nuevamente al capitán ordenar abrocharse los cinturones ya que aterrizarían en unos 20 minutos. Regresó súbitamente a su lugar. Miró de reojo hacia el puesto de Jorge y se sentó. El avión ya estaba aterrizando.

Poco después, los dos habían coincidido y se habían despedido amablemente en la puerta de desembarque. Él le había apretado el hombro con un gesto inusualmente cariñoso, quizás no era lo normal en un mero compañero de viaje de unas horas, pero Ana se había sentido muy a gusto con ello.

El taxi la llevó hasta el hotel relativamente rápido. Fue muy bien recibida y eficientemente instalada en la habitación previamente reservada para su llegada.

Bajó a cenar al restaurante del hotel. Estaba hambrienta.

- ¿Será el destino? - le sorprendió una familiar voz varonil.
- Permiso, ¿sería una osadía invitarle un trago?- dijo él con una sonrisa gigante y cálida

- ¿Jorge?- se sorprendió Ana, aun incrédula de este encuentro tan casual y de nuevo sintió mucho calor en sus mejillas, fue como un flechazo.
- Bueno, veo que por lo menos recuerdas mi nombre, eso es un buen principio... ¿puedo?
- Si, por favor, siéntate. Así que estamos hospedándonos en el mismo hotel, ¡Qué coincidencia!
- ¡Una muy grata! Desde mi punto de vista - agregó él.
- Sí, si, por supuesto -dijo ella aun un poco incrédula.
Aunque apenas lo vio supo que quería que se quedara, a ella también le desconcertaba la entera situación. Por suerte se había arreglado un poco para bajar a cenar, pensó Ana. Ella siempre se supo una mujer atractiva, sin temor alguna a la seducción, sin embargo, durante estos últimos meses su autoestima no había estado precisamente "en el top".
- ¿Y qué es lo que más te gusta de esa historia de Cortázar? - preguntó ella...
Ana se manejaba naturalmente, su conversación era fluida, pero sobre todo sabía escuchar y reír. Jorge parecía extasiado con su belleza, agudeza y sentido del humor. La cena, "fondue", llegó y también el postre, pero la noche era joven, y entre tanto, copas iban y venían.
Él apoyó su brazo sobre la mesa y deslizó su mano izquierda hacia ella. Ana sonrió a medias, entendiendo lo que él le pedía tácitamente y ella extendió su brazo. Él tomó su mano y la acarició tierna y lentamente, al mismo tiempo que continuaba con la conversación fluidamente, como si fuera natural el contacto con esa piel sedosa y suave.
Ana sonrió tímidamente, tragó saliva y lo dejó.
- Tienes una sonrisa hermosa - dijo él.

- También tú - dijo ella - desde el avión lo noté.
Apenas dijo eso, se arrepintió. Fue como si las palabras se le hubieran escapado de la boca, de la mente hacia afuera sin pasar por el cerebro racional.
- ¿De verdad? - dijo él - pues me halaga mucho saberlo, realmente pensé que no me habías ni determinado - El siguió acariciando su mano suavemente, sintiendo cada dedo a lo largo, uno a uno. Ana se sentía estremecer.
- ¿Bailamos? - sugirió ella con intención de frenar un poco las emociones inoportunas que la arropaban cada vez que los ojos de él la atravesaban.
Pero una vez entre sus brazos, ella sintió que el estómago le daba un vuelco y se le aflojaban las rodillas; no pudo evitar mirar y desear aún más esos carnosos labios. En ese momento un beso intenso lleno de fuerza y ganas, tan húmedo como sus húmedos labios gruesos, la sorprendió, sintió una lengua fuerte invadiendo su boca, sin freno, chocaban sus dientes mordiéndose entre sí. Ana sintió estremecer sus pezones y la respiración de él acelerada alrededor de la piel de su cuello. Se sintió como una adolescente escondida en el corredor de un pasillo oscuro explorando por primera vez la sensualidad de otro.
Allí estaban en la habitación dos extraños, desnudos, tocándose, despeinándose, explorándose sin inhibiciones, bebiéndose intensamente el uno al otro, como adolescentes. Disfrutándose con todos los sentidos. Enloquecidos de placer. Haciendo el amor como dos amantes completamente enardecidos la primera vez.
Estaban borrachos. Estaban felices.

La razón y las tragedias comienzan con la comprensión brutal de una verdad que tendrá consecuencias. Siempre. Eso pensó Ana cuando despertó.

Un sentimiento de culpa de alguna manera le molestaba, sentía que no le debía nada a Jorge, ambos eran suficientemente maduros, pero por alguna razón al mismo tiempo sentía que no había sido honesta con él. Tal vez tenía que haberle contado la verdad. Bueno, en realidad no había sido como si lo hubiera planeado, simplemente había pasado así.

Ana recordó el momento en que lo conoció, cuando escuchó su voz por primera vez en ese avión. ¿Cómo podía imaginarse que todo esto acontecería en un solo día? Ella estaba ensimismada en sus angustias. En la verdadera razón de su viaje. Tanta batalla legal peleando por mi derecho a morir dignamente, pensó Ana. Sobre todo, después de tanto informe, hospital, abogados, jueces, cortes jurídicas y dinero solo por obviar tanta pelea incluso con mi familia, por ser libre de elegir hasta mi último suspiro

¡Eres una egoísta!, la había acusado Andrea, su hija mayor entre lágrimas, ¿Cómo puedes irte a morir sola? Pero aun así Ana no se había sentido culpable en absoluto, por el contrario, ella sentía justo tener la posibilidad de poner fin a un sufrimiento intolerable mientras mantenía aún cierto control sobre su propia vida. ¿Por qué les costaba tanto entenderlo?

La vida ya no era vida para ella sino más bien sobrevivencia y una sobrevivencia irrazonable, vergonzosa, humillante, por no decir dolorosa. Le había costado tanto que lo aceptaran, a pesar de que todos

habían sido testigos de su agonía y deterioro, lento, muy lento, es cierto, pero deterioro al fin. No quería llegar a dar lastima. Así que ante la cruda realidad de ya no poder elegir cómo vivir al menos creía haber podido decidir cuándo y cómo morir.
Pero esta historia absurda con Jorge de parte del destino no solo la sentía de muy mal gusto sino hasta cruel, se dijo a sí misma, aun incrédula.
Jorge había estado más cariñoso que antes esa mañana. Ana intentó excusarse para marcharse a su habitación, pero él no se lo permitió, era todo halagos y dulzura. Ordenó el desayuno en la habitación. Hicieron el amor una vez más, con más calma, con risas, con serenidad, con gusto.
Él estaba tan feliz que insistió para que ella lo acompañara a la boda de su hija en una finca. Ana se excusó diciéndole que no había traído ropa apropiada. En realidad, ella había querido decirle la verdad aquella mañana, pero no tuvo el valor de hacerlo el mismo día en que su hija se casaba: no tenía el derecho de opacar ese día con su realidad...
Mañana moriría.
Se despidieron entre besos de enamorados con la promesa de encontrarse al otro día. Pero ella sabía –pensó entonces Ana con una extraña angustia que subió incontenible hasta su piel - que ese otro día no existiría.
Levantó la mano nerviosa, ahora era ella la que necesitaba un taxi.
- ¿A dónde la llevo señora?
- A la clínica "St Patrick" por favor. Me están esperando.
Por primera vez en mucho tiempo Ana hubiera querido un poco más de tiempo. Pero no, ya todo estaba decidido y sabía que de otro modo lo lamentaría. Su enfermedad, lo

había confirmado con todas las certezas disponibles, no tenía cura posible: el amor, en cambio, siempre tiene remedio.

Recordó a Jorge y la involuntaria ironía de sus últimas palabras: "Moriré si no vuelvo a verte".

No: él no moriría…

UN MILAGRO

"El silencio suena", alguna vez había escuchado esa frase de un alguien cualquiera, pero jamás le había prestado demasiada atención, hoy, sin embargo, en este lugar esas palabras cobraban más sentido que nunca.

Todo estaba tan calmado, se sentía tan aislado, tan frío, tan silente, tanto que hacía ruido, hasta el silencio retumba , pensó.

¿Cuánto tiempo hace que estaba allí esperando? ¿y eso qué importaba?, en realidad nada, daba lo mismo minutos que años cuando un segundo se siente infinito en la espera. En ese lugar la palabra tiempo perdía todo sentido, la espera interminable se lo quitaba.

- ¡A bañarse y a comer! - les había dicho esa misma mañana a sus hijas como lo hacía cada mañana antes de

irse a trabajar, como lo hacía cada día, cuando la vida era solo un día normal.
- Van a llegá tarde a la escuela! ¡Apúrense muchachas!. ¡Maryori párate!
- Hoy no tengo clase en la mañana mamá, ya te lo dije ayer. ¡Déjame dormir!!
- ¡Ay si!, se me había olvidado, bueno pon la alarma, no te vayas a quedar dormida o llegarás tarde, mira que yo te conozco!
- ¡Siiiii mamá! - contestó Maryori, con la cabeza metida entre las sábanas.
- Me voy pues. ¡Que Dios me la bendiga!
Eso le había dicho antes de marcharse esta mañana, sólo esta mañana.
¿Qué iba saber? De haberlo sabido otro gallo hubiera cantado.
Candelaria es una mujer morena, de treinta y algo, aunque aparenta un poco más debido a su contextura robusta. Es de carácter alegre y muy carismática, aunque peleona por lo de ella, si alguien intentaba meterse con lo suyo o verle la cara de tonta; pero en general se la pasa cantando, limpiando, trabajando para darle a sus muchachas lo mejor que ella podía, su vida son sus hijas con quien vive sola, después que el marido la dejó por otra para no verle la cara más nunca, ni por las hijas.
Candela, como la llamaban de cariño todos los que la conocían, tenía tres hijas: las gemelas, listas y bien tremendas, de 10 años y Maryori, la mayor, de 15 añitos y quien propio de la edad parecía una flor en primavera, "tan bonita mi hijita - pensaba Candelaria - es mucho más bonita de lo que yo nunca fui a su edad".

De pronto la sangre se le heló. "Maldito animal, en el infierno deberías estar", dijo Candela, sin ni siquiera pensarlo. La rabia y el dolor la ahogaban. Sin embargo no podía llorar. Sus manos temblorosas intentaban abrir una revista que no miraba, mientras esperaba con el alma en vilo, en la sala de ese hospital en donde se encontraba su querida niña, enfrentando una riesgosa operación de la que dependía su vida misma

Aquella mañana, tal como lo había previsto su madre, Maryori se había quedado en casa dormida, se levantó de prisa, se acicaló y salió corriendo para el liceo. ¡Oh Dios, iba a llegar tarde! Salió a todo correr. Fue todo muy rápido. Cruzó la avenida, pero no alcanzó a ver a tiempo aquel auto que venía haciendo zigzags a toda velocidad y que en un sin cerrar de ojos, sacudió su frágil cuerpo contra la calzada, mientras su mochila volaba del otro lado de la calle, esparciendo libros, colores y monedas y una medallita de San Judas Tadeo. El conductor, un borracho, se dio a la fuga.

Así, una llamada a media tarde le había cambiado la vida, una vida que habría dado sin reservas por la de su hija, ahora en esa cama luchando contra la muerte.

Si resiste la operación se salvará, había dicho el doctor, es joven, ten fe, reza. Como si rezar sirviera pa'algo, pensaba Candela, cuando lo único que se siente en el alma es puritito temor y un dolor que de tanto doler quema de angustia.

Hasta el tiempo parece congelado, como los huesos en el interminable caminar arriba y abajo de ese corredor de hospital lúgubre y desesperanzador.

Rece, rece, dijo una enfermera, los milagros ocurren. No pierda la fe, le había dicho la comadre, dándole la estampillita de la virgen de Coromoto , ella es madre como usted Comadre, pídale, rece, Maryori es como su madre, muy fuerte, ánimo comadre, ¡rece! ¡Seguro se salvará, solo rece!.

Candelaria se sentía sin fuerzas, estaba completamente rota y sentía que no había nada real que ella pudiera hacer, además de esperar en esa fría sala de hospital. No entendía cómo de la mañana a la tarde se había quedado sin alma, solo le quedaba la esperanza. Entonces hizo lo único que podía , Candela rezó, rezó y rezó, por un milagro rezó. Como nunca antes rezó.

La puerta de la sala de operaciones finalmente se abrió, la espera había terminado. El doctor salió, la miró a la cara.

-...Fue muy difícil, realmente lo siento...

Inesperadamente sale urgida una enfermera y gritó: ¡Doctor, Doctor venga pronto! Es como un milagro.

Santiago Peluffo Soneyra

Santiago Peluffo Soneyra es periodista.
Nació en Argentina en 1985 y desde 2012 vive en el Reino Unido.
Entre 2005 y 2014 escribió crónicas, perfiles y reportajes en el diario La Nación.
Sus relatos fueron escritos bajo el cielo gris y el ventoso otoño de 2017 durante el taller de narrativa de El Ojo de la Cultura, en Londres.

EL VISITANTE

La vieja mesa de madera que hacía ruido cuando se apoyaban, el freezer lleno de hielo pero donde siempre entraba, al menos, una cerveza de litro. Hasta la foto descolorida del portarretratos seguía en el mismo lugar: junto al bowl con las mandarinas.
Parecía ayer. Una tertulia entre amigos que empezaba a las nueve de la noche y terminaba con la última gota de alcohol o esa porción fría recalentada de madrugada.
Como tres hermanos en una familia, cada uno cumplía su rol.
Rulo oficiaba de anfitrión y siempre hacía los pedidos porque sabía los gustos de cada uno y tenía una colección

de sellitos de descuento en su heladera para usar entre diferentes pizzerías del barrio.

Juancito se encargaba de la bebida: dos litros por persona para combinar entre cervezas y whisky. En ese orden: las cervezas para la picada y las pizzas, y el whisky, el postre "de machos".

Y luego él, que como no sabía de whiskys ni tenía coche, le quedaba perfecto como excusa para encargarse de la picada: de camino a lo de Rulo compraba una bolsa de Doritos y otra más chica de maní sin sal.

Parecía ayer, pero habían pasado tres años desde el último encuentro. La despedida había sido una suerte de hasta luego: nunca pensó que tardaría tres años en volver a Uruguay. Pero muchas cosas habían cambiado desde que se fue a Alemania.

- Bueno, bueno, no llores como puto que igual nos vemos en unos meses para el casamiento de Dani.

Eso fue lo último que Rulo le había dicho en el aeropuerto de Carrasco. Se había ido repentinamente a hacer un curso corto y prometió volver cuando terminara.

Pero faltó a ese casamiento y a otros dos, además de perderse los cumpleaños y nacimientos de amigos y primos. No registró todo lo que se había perdido hasta que Rulo le dijo, tres años después:

- Tantos años, amigo.

No le dijo *tanto tiempo*, como se dice en estos casos. Le dijo "años". Entonces le tocaría empezar a explicar por qué se había quedado tanto en Europa.

- Tenés arrugas, canas… los euros no vienen solos, ¿no? - le dijo Juancito después de un fuerte abrazo y una palmada en la nuca.

- ¿Los euros? -alcanzó a decir él, descolocado por el chiste.
- Dale, que seguro esa valija pesa 100 kilos de los billetes que traés -siguió Juancito.
Salió del paso con un comentario gracioso, aunque sintió algo extraño: sintió que estaba jugando de visitante.
Pero cuando tomaron el camino de la Rambla, sacó la cabeza por la ventanilla y apenas sintió la brisa con olor a pescado, recuperó sensaciones. Miró para arriba, hizo un pantallazo aéreo y apuntó al sol. Se largó a reír.
- ¿De qué te reís, nabo? - Rulo lo miró por el espejo retrovisor.
- De nada -respondió, todavía con una mueca en la boca.
- Éste está raro eh -acotó Juancito, codeando a Rulo desde el asiento del acompañante.
Enseguida advirtió que había sido un reflejo: en Alemania miraba constantemente para arriba buscando una grieta entre las nubes. Aun cuando el cielo era un colchón gris que el sol no podía penetrar, él siempre alzaba la nuca con ilusión.
Y ahora seguía mirando el cielo: nunca lo había visto tan celeste. Celeste con mayúscula, pensó.
Al cruzar el Parque Batlle, Rulo divisó el estadio Centenario y empezó a gritar:
- ¡Ohhhh, Vamos la Celé, la Celé…. Vamos la Celé! Bo, la Tribuna Olímpica va a explotar.
Esa repentina conexión de pensamientos le tocó fibras íntimas. Con Rulo se entendían apenas con la mirada y tres años después parecían seguir en sintonía: la selección uruguaya era una de las cosas que más lo unía a sus amigos de toda la vida.
- ¿Cuándo es el partido? -preguntó.

- ¿Cómo "el partido"? ¡Es la revancha contra Brasil! Es el sábado a las cuatro. Nos los vamos a coger de tarde a los brasileños putos - Juancito respondió con ademanes.
- Sí, esos negros van a comer - agregó Rulo.
Él no quiso comentar. La última vez que había ido a la cancha, la hinchada del Borussia Dortmund había llevado banderas LGBT para mostrar su apoyo a la ley de matrimonio igualitario.
- Bo, ¿y cantan los alemanes o son medio maricas como los suizos y ésos? - le preguntó Juancito.
- Sí, cantan pero tranqui. Hay más respeto.
Lo dijo sin ironía, intentando evitar comparaciones. Pero Juancito siguió:
- ¿Respeto cómo?, ¿no te mean, por ejemplo?
- ¿Cómo te van a mear? Es Alemania...
- "Es Alemania", dice él. No vas a defender ahora a los alemanes, bo, que son todos rubios y putos.
Se le escapó una risa nerviosa.
- ¿De qué te reís ahora? - Juancito lo miraba atentamente.
- De nada, bo -remarcó bien la b y pensó en que prácticamente había dejado de usar ese latiguillo tan uruguayo.
La conversación se diluyó en otros temas como el mate y el asado, y él aprovechó el viaje para alimentar su nostalgia mirando por la ventana el mar, las olas y la amplia costanera de Montevideo.
- Y... ¿Vas a contar de una vez por qué tardaste tres años en volver? - le interrumpió sus pensamientos Rulo con la pregunta, que ya había hecho al pasar en el aeropuerto.
- Ya les dije: mucho trabajo, botijas -dijo con ironía.
- ¡Qué mucho trabajo! Seguro te enganchaste con una mina y no te dejaba venir.

Él sólo repitió:
- Allá se trabaja en serio, no como acá.
- ¿Qué te pasa, bo? Que el Rulo y yo nos rompemos el culo trabajando... - dijo Juancito.
- Bueno, no literalmente. Eso es para los maricones - aclaró enseguida Rulo.
- ¿Y con ustedes dos qué pasa? -preguntó.
- ¿Qué pasa cómo? -preguntó Juancito.
- Nada, nada...

Rulo puso música y siguió manejando otros quince minutos hasta llegar a Pocitos, el barrio acomodado de la costa donde compartieron prácticamente toda su vida entre el mar, los bares, las calles de adoquines y ese departamento al que llamaban "la cueva".

El nombre lo había puesto Juancito. A la vuelta del colegio donde completaron juntos la secundaria había un albergue transitorio que se llamaba "La cueva 2". Cada día veían entrar y salir parejas de la mano y pensaban en cuándo les tocaría a ellos. Rulo había dicho que después de cumplir los 20 tendría su propio departamento y no necesitaría un albergue. Entonces Juancito le preguntó:
- ¿Vas a compartir la cueva?

Y así había quedado bautizado el departamento de Rulo.
- Cuántas minas pasaron por acá en estos tres años. Las que te perdiste... - le dijo Rulo al empujar la puerta de su casa con la valija.
- Me imagino. ¿Alguna se quedó más de dos noches seguidas? - preguntó mientras le quitaba el polvo con el dedo gordo al portarretratos con la foto de los tres en 2002.

- ¡Qué va! En la cueva no se repiten figuritas. ¿O ya te olvidaste de nuestras buenas épocas? - Juancito sacó tres vasos del lavavajillas.
- Buenas épocas para nosotros... Si éste siempre fue un lento - intervino Rulo.
- Tiene razón. ¡Lo que te costaba concretar! -agregó Juancito-. Te conocimos pocas mujeres, bo. Estuviste mil años de novio con la Silvia y después...
- ¡Una sequía para el Guinness! Pero habrás recuperado terreno allá, ¿no? Contanos - Rulo le revolvió el pelo.
- Ahí ta', ¿qué tal se juega en la Bundesliga? - bromeó Juancito.
Él oía todo, pero seguía buscando dentro de su valija los regalos que les había traído.
- En la Bundesliga soy del Borussia - levantó la cabeza y les dijo con un guiño.
- Dale, perejil, decinos qué tal son las Claudia Schiffers.
- Rubias.
Rulo y Juancito se rieron, pero siguieron preguntando: que si las alemanas eran tan altas como se veía, que si todas eran rubias de ojos celestes y que cuántas se había cogido en tres años.
Él dejó los regalos para otro momento y aprovechó para ir al baño -*No pude mear en todo el vuelo* -mintió. Se miró al espejo y recordó lo que le había dicho su compañero de trabajo venezolano: *Ya vas a ver que hay mucho más que un Atlántico de diferencia, chamo. Y sabes que no te hablo de geografía...*
Salió del baño y enseguida lo interceptó Juancito:
- Bo, ¿sabés qué te falta para empezar a cantar? -le dijo trabándole los brazos por detrás-. Un poco de alcohol. ¿O

también vas a hacerte el puto con la cerveza? Si en Alemania la toman como el agua.
- ¿Tienen Paulaner? -bromeó él, retomando el control de la conversación.
- Sí, *Paulita* vamos a tener más tarde... - contestó Rulo desde la cocina. - No, acá ya sabés qué se toma: la vieja y querida Pilsen. De litro y bien fría, como siempre.
- ¡La Piiiiilsen! Hace cuánto no tomo una - dijo él con entusiasmo y se sentó en el sillón.
-Ya te saco una del freezer -dijo Rulo con el destapador en la mano.
- ¿Todavía entran las botellas en el freezer? -siguió bromeando.
- Mirá, bo -contestó Rulo abriendo la puerta del congelador-: hielo por todos lados, pero siempre un lugarcito para la Pilsen.
Sirvió los tres vasos con poca espuma y brindaron "por la amistad". Ese sorbo largo le dio buenas sensaciones: si alguien sacaba una foto de ese momento, con las sonrisas y la espuma en su bigote y las conversaciones intrascendentes, esa imagen podía ser la del portarretratos al lado del bowl de las mandarinas.
Así lo había imaginado al planear la visita. Los tres hermanos, unidos por una infancia en común, infinidad de anécdotas y códigos inquebrantables: una relación idílica que envidiaría cualquiera.
Pero ya había caído en la cuenta: esa bienvenida sabía también a despedida.
Los miraba a Rulo y a Juancito y pensaba que seguirían tomando Pilsen, luego llegarían las pizzas y empanadas y más tarde el whisky. Repasarían anécdotas del colegio y algunas más recientes. Se reirían de todo hasta el último

vaso de whisky, cuando Rulo diría que ya es hora de ir a la disco a engatusar mujeres.

Él los seguiría y bailaría, pero terminaría la noche desapareciendo sin avisar, vagando por las esquinas de Montevideo, ensimismado, inquieto por procesar demasiadas emociones juntas.

Al cabo de una hora de caminata sin rumbo, reflexionaría que en el fondo habían cambiado tantas cosas en tres años, que ni siquiera se animaría a contarle a sus mejores amigos la verdadera razón por la que se terminaría quedando en Alemania para siempre.

ESTIMADO ALÁ

Bismillah-ir-Rahman-ir-Rahim.
He decidido escribirle luego de muchos días de rezar para conseguir su perdón. *Allahu Akbar*: Usted es Grande y me ha de entender y me ha de perdonar como solemne devota que soy.
Señor Todopoderoso: he robado, y no me arrepiento.
Me llamo Siham. Soy de Somalia y tengo 23 años y un hijo. *Alhamdulillah* es un niño educado, se alimenta bien y parece muy inteligente. Se llama Kamel, tiene seis años y está aprendiendo a leer el Corán.
Yo intento pasar todo el tiempo que puedo con él, pero como trabajo muchas horas, durante el día mando a Kamel a la madrasa a conocer más sobre Usted y sobre nuestro Profeta -que la paz esté con Él.

Después de Usted, el Único y Misericordioso, Kamel es lo más importante para mí. Lo que hice lo hice por él, y por eso le suplico su perdón. Alá y luego la familia: eso lo sabe cualquier creyente.

Agradeciéndole una vez más -*Alhamdulillah*-, le cuento mi historia para que me libre de culpas, Mi Señor:

Soy camarera. Trabajo todos los días en un restaurante del Sur de Londres. El restaurante tiene pocos clientes y casi todo mi salario se basa en propinas. Apenas me alcanza para pagar la renta y darle de comer a mi pequeño Kamel -*Allah Yehmik*, que Usted lo proteja.

Soy y siempre he sido una persona honesta, Misericordioso nuestro. Jamás se me había cruzado por la cabeza la idea de robar. Hasta esta semana: el dueño nos redujo el porcentaje de propinas y nos prohibió llevarnos la comida que se tira al final de cada día.

Con mi pobre salario y esos restos de puré, arroz y banana frita, Kamel y yo nos alimentábamos bien. Pero desde que abrieron el mercado enfrente, el dueño se volvió un miserable con nosotros. Y no encontré otra opción que robarle: si ni siquiera puedo alimentar bien a mi niño, por lo menos que sea feliz, pensé.

Apenas lo descubrió, Míster Ilkley salió corriendo de la cocina y, saturando de gritos el salón, denunció que no pararía hasta saber quién fue. Enseguida me puse nerviosa porque gritó enfrente de una pareja que estaba cenando mientras yo les traía los palillos.

En medio de un escándalo así de grande, con los clientes aturdidos, no pude pensar en otro que en Kamel, y en Usted, claro. Mi Señor lo va a cuidar si algo me pasa, ¿verdad? La *samah Allah* - ¡que Dios no lo permita!

Kamel no sabe nada del robo, Mi Señor, es un niño y sólo quería jugar...

Desde ese momento el dueño nos señaló a mí, a la otra camarera y al cocinero con esa mirada desconfiada y llena de cólera. Porque más que las pérdidas, le molestaba no poder comprender el motivo del robo.

Al día siguiente instaló cámaras de seguridad en el restaurante para vigilar nuestros movimientos y descubrir quién había sido, lo que volvió más difícil el trabajo.

El cocinero, que parecía manso pero tenía temperamento de cabra, comenzó a llevarse cada vez peor con el dueño: que yo no fui, que tu trabajo es únicamente con la comida, que si me va a acusar hágalo con pruebas, que traiga cintas de grabación, que ya veremos, que voy a pillarte... Así sin parar.

Conmigo era menos directo, y eso me incomodaba más: *cómo alguien viene desde tan lejos para trabajar en un restaurante decadente en este rincón de Londres, de qué escapará, qué esconderá...* - dijo el otro día por teléfono.

Mi pequeño Kamel estaba tan feliz con lo que podía traerle que me tragué las humillaciones y no pensé en admitir culpas en ese momento. Decidí continuar con mi rutina: limpiar el piso, acomodar las sillas, servir los platos, retirar bien todas las sobras de las mesas, rezar en los recesos y luego a casa.

Llegar a casa y jugar con Kamel era mi estímulo para seguir adelante con el trabajo. Es un niño inquieto y muy hábil, *Masha' Allah*. Le encanta armar castillitos de madera. Parece que va a ser arquitecto. O artista, no sé, pero esos deditos regordetes parecen de un ser especial. Tendría que ver su cara, Mi Señor: cada vez que puedo traerle materiales para que juegue me recibe con esa sonrisa que deja ver sus dientes de leche y estira sus orejotas. Tan lindo, mi *habibi*…

Entenderá Usted, Mi Supremo, que esta situación también es angustiante para Kamel: a los seis años percibe como ninguno cuando su madre oculta algo y entiende cuando le digo *esto lo traje para ti*. Claro que nunca le contaré que fue robado; el dinero me lo gané trabajando, *Alhamdulillah*.

Pero sí se lo diré a Míster Ilkley: me cansé. Todo este asunto me generó mucho estrés y he comenzado a sentir culpa dentro del local; ya sólo quiero disfrutarlo con Kamel. Mi Señor: he decidido que a partir de mañana no iré más.

Me cansé de las miradas inquisidoras, de la vigilancia y de las indirectas. Ya tuve suficiente. Cuando vuelva al trabajo, le confesaré a Míster Ilkley que la ladrona soy yo. Le diré que termine con la desmedida persecución y le diré que me denuncie a la policía de Londres si cree necesario, pues igualmente Usted me absolverá.

Es más: le diré que deje de bucear en los bolsillos de mis compañeros, pues fui yo quien se robó 254 palillos para que mi hijo arme los castillitos de madera.

Atentamente,

Su más solemne devota.

EL PRÓXIMO JUEVES

Sonreíste por dos, quizás tres segundos. Y fue suficiente. Ni siquiera ensanchaste los labios demasiado, pero yo me pude imaginar el resto. No el resto de tu sonrisa, sino el resto de nuestras vidas.

Me dijiste una tontería, ¿te acordás? Qué pena contigo, no te conozco, pero te tengo que pedir una colaboración para los snacks. Ninguna pena, respondí enseguida, y te di unas monedas.

Después me dijiste que te llamabas Ana, yo te dije soy Nicolás, un gusto, vos me agradeciste y yo te sonreí.

En nuestro primer encuentro apenas pudimos hablar porque era la fiesta de despedida de tu mejor amiga que se iba a vivir a Copenhague. En un momento, creo que fue en la barra, dijiste vos eres argentino, ¿verdad?

Esa combinación *paisa* del 'vos' y el 'eres' en la misma oración me sacó una nueva sonrisa. Yo te dije que sí y vos, a mí me gusta mucho el cine argentino. Yo te dije a mí me gustaba mucho 'Betty, la fea', pero creo que no llegaste a oír la humorada porque justo el barman te alargó dos cervezas y tu amiga apareció repentinamente para interrumpir nuestro brindis.

Enseguida te llevó a la pista a bailar y, para no llamar la atención, me pareció inteligente mantener la distancia: pasé el resto de la noche a un costado, observando que eras divertida, que bailabas bien, que eras amiguera y qué ganas de pasar más tiempo contigo... ¿Eso habrás pensado también?

Me despedí diciendo un placer y te di la mano. Habrás pensado qué frío, yo pensé qué bobo...

No volví a verte por seis meses. Fue en la presentación de un documental. Me senté detrás tuyo, en diagonal, para verte de perfil. Cuando terminó, te vi de la mano con un muchacho y entré en pánico por dentro. Lo oculté con indiferencia cuando me pediste que te recordara mi nombre, yo apenas dije hola Ana, qué bueno el documental, sí, me gustó, chau, adiós... Te sentiste incómoda porque estabas acompañada, ¿no?

Era inapropiado pedirte tu número en ese contexto, entonces opté por buscarte en facebook y agendar otros eventos en los que marcaste que irías. Entonces, el mes siguiente fui al bar donde iba a tocar el 'nuevo Silvio Rodríguez'. Cuando llegué, te vi con una amiga riendo. Quién fuera aquel muchacho...

La maza, el unicornio azul, ojalá... Y yo buscando una palabra en el umbral de tu misterio. ¿Te doy una canción?, te sorprendí en la barra, me preguntaste si me gustaba *Silvio* y te dije que sí aunque soy demasiado joven. Cómo así si Silvio es para cualquiera, ¿no, m'hijo? Justo ahí llegó tu amiga: ella es Nadia, él es Nicolás, ya regreso voy al baño, dijiste. Nadia parecía interesada en conversar, ¿será que le habías hablado de mí? Tengo la sensación de que te gusté y como no me conocías dejaste que tu amiga tanteara las aguas para saber si yo era simpático, inteligente o qué. ¿Por qué no lo hiciste directamente vos? Es una estrategia inteligente, quizás yo deba hacer lo mismo...

Al despedirte mencionaste que con tu amiga organizaban 'noches de jóvenes talentos latinoamericanos' en distintos bares y me dejaste una tarjeta. El tercer jueves de cada vez, nos vemos, dijiste de salida. No fue una pregunta sino un *nos vemos*, o sea hasta la próxima, no te olvides... O algo por el estilo. Me gustan tus indirectas, ¿sabías?

No quería dejar pasar otro mes, así que me propuse llamarte directamente. Al otro día busqué tu tarjeta y vi que sólo había una página de facebook, un tuiter y una dirección de email bajo el nombre 'Sonidos del sur'. Ese nombre me gustó mucho, ¿lo habrás inventado vos? Yo vengo del Sur, eso te voy a decir la próxima vez que nos veamos. ¿Y sabés qué? Mejor que no tenga tu número: vos ya me invitaste al bar el mes que viene así que nos vemos el próximo jueves.

Ahora que se acerca el verano, ¿será que nuestra próxima cita la hacemos en un parque? ¿Te gustará el mate?

Podrías probar, ¿no? Yo creo que se puede complementar bien con el pan de bono o hasta con arepas, ¿por qué no? Yo puedo preparar todo el picnic... Al fin y al cabo sos una persona del sol como yo. ¿Ves que tenemos muchas cosas en común?

El fin de semana llovió y tuve mucho tiempo para pensar... Me parece que tu estrategia de *la amiga como mensajera* es lo mejor para ir despacio entre nosotros. El domingo lo llamé a Mario: Mario, ¿estás libre este jueves? Necesito un favor, sí, claro, ¿te acordás de Ana? Cómo no me voy a acordar... Bueno, necesito que me acompañes a este bar el jueves, que ella va a estar con una amiga, es simpática y además a vos te encanta la música, ¿dale?

Hola, qué hubo, gracias por venir, quién es tu amigo, nos recibiste en la entrada. Yo sabía que eras muy educada, además es buen disimulo preguntar por el amigo primero, qué sutileza. Él es Mario, mi mejor amigo. Mario, ella es Ana, Ana organiza noches con cantantes de Latinoamérica. Ah, qué interesante, yo tengo una banda, hacemos *covers* de folklore latinoamericano casualmente, ¿de veras?, pues podrían venir una noche a tocar, así siguieron un buen rato... La estrategia, *tu* estrategia, estaba funcionando: Mario de mensajero y yo tomando nota mental de tus gustos y embobado con el perfil de tu sonrisa.

Parece que Mario te cayó bien, yo sabía que era una buena idea traerlo para que fuéramos cuatro, pero qué lástima Nadia quedó justo a mi lado en la barra y no tuve oportunidad de retomar aquella conversación con vos sobre el cine argentino, había pensado dos o tres películas para recomendarte (las había pensado yo, sin ayuda de Mario). Igualmente, no faltará ocasión ahora que soy habitué del ciclo de jóvenes talentos, ¿no? Fue una linda velada, me encantó verte reír toda la noche y me alegro que hayas podido charlar con mi *mensajero*, que mañana mismo me contará todo sobre vos.

Parece que además de alegre y simpática sos muy profesional y mostraste gran interés en Mario y su estilo de música; ¡Buenísimo! Significa que la estrategia está funcionando... Qué más te dijo, contame, bueno, como la música estaba un poco fuerte Ana sugirió que nos encontráramos otro día para definir la lista de canciones y ver cuántos micrófonos necesitábamos y otras cosas técnicas, ah qué bien, ahí le vas a sacar más información, ¿no? Sí, Nico, sí... ¿Te dijo algo de mí?, dijo que nos esperaba en el próximo *jueves de talentos*, buenísimo, entonces debe estar muy ocupada con la organización, por eso no habrá contestado el *mail* que le mandé. La vi una sola vez, pero se ríe mucho esa chica; ¿Viste?, yo también pensé lo mismo cuando la conocí hace unos meses... Nunca me equivoco.

Y, qué tal el encuentro con Ana, Mario, bien, normal, cómo normal, vamos, contame cómo estaba vestida, si estaba sonriente como siempre y ¡si preguntó por mí, claro! Hablamos más que nada de música, Nico, parece que es una melómana como yo. Ah, qué bien, qué bandas le gustan, decime así tomo nota. Es fanática de la música

cubana, de... A ver, esperá, ¿Mario? Te vuelvo a llamar que mi mamá me está llamando.
Hoy es miércoles y sólo puedo pensar en que mañana te vuelvo a ver. Y esta vez sí va a ser diferente porque mi amigo va a estar en el escenario tocando, así que voy a pararme a tu lado y a aplaudir bien fuerte y seguro me llevo los créditos por habértelo presentado.

Oye, qué bien que toca Mario, de veras mil gracias por invitarlo la primera vez al bar, si no fuera por ti... Bueno, no tenés nada que agradecerme, yo sólo quería invitar a un amigo para que fuéramos cuatro y poder conversar... ¿Cómo dices? No te oigo por la música. Que no me agradezcas, tranquila, ¿querés una cerveza? Sí, porfas.
Mientras esperaba las birras pensé en un buen brindis: ¡Salud! Por *Silvio*... ¿Por quién?, Silvio Rodríguez, grité para superar la fuerza de los parlantes. Ah, claro, ¿Por qué mejor no brindar por tu amigo Mario, que hace los mejores *covers* de Silvio que he escuchado? *Mientras más contenta te veas, mejor*, pensé: Sí, por Mario... ¡Salud!
Mario tocó re bien, y a vos se te notaba en los dientes. Lástima que cuando terminó y bajó del escenario se pasó de la raya. Yo no sabía dónde meterme y cómo empezar a pedirte disculpas en nombre suyo; al fin y al cabo te lo presenté yo, ¡qué papelón!... Entiendo que quedaste muy entusiasmada con Mario y su banda, y ya sabía de tu gusto por la música cubana, pero no hacía falta semejante abrazo de su parte, y mucho menos esos besos que te robó después en la barra, perdonalo, ¿sí?
El próximo jueves vengo solo.

COSAS QUE PASAN

-¿Qué me pasa? -se preguntó.
Se había levantado con una sensación rara. Le gustaban las almohadas chatitas, pero los dolores en el cuello eran otra cosa. Había ido al baño a lavarse los dientes y el espejo le había devuelto unos ojos resacosos. Sentado en el inodoro, había sentido las rodillas hinchadas. El café tenía gusto raro: su lengua lo había incorporado a regañadientes.
Extrañado, se había ido al trabajo. Daba un paso, sentía dos. En el metro había tragado bronca por un pasajero que se apoyaba en su espalda. Después de un viaje largo, en la calle había buscado esa ráfaga de aire que lo calmara, pero seguía sintiéndose pesado.

En el trabajo le habían preguntado si estaba resfriado. Tos no tenía, mocos tampoco. Dolor de cabeza había tenido en otras ocasiones, pero lo que sentía ahora era diferente. Como un mareo o un agobio general. Había salido afuera a pensar en voz alta:
-Estás mal - le pareció oír. Giró la cabeza con desconcierto.
-Eso está claro -pensó.
-Es más profundo de lo que pensás: tenés angustia -ahora la voz sonó nítida y cercana.
-¿Qué? -volvió a girar.
-Lo que estás sintiendo soy yo, la angustia.
Ahora sentía que rayaba la locura. Decidió ir a ver un médico.
-Doctor, me siento pesado. Tengo una sensación rara, difícil de explicar -dijo recostándose en la camilla.
-¿Qué es lo que siente? -preguntó el médico, el estetoscopio colgando de su cuello.
-No sé, un malestar general.
-A ver, siéntese aquí que le hago algunos chequeos -el médico se paró a buscar materiales.
Le tomó la presión, revisó sus oídos, conectó unos aparatos. Al rato diagnosticó:
-De los análisis no surge ningún síntoma. Usted tiene otra cosa.
-¿Qué tengo?
-Lo que usted tiene es angustia.
-Te lo dije. Estoy acá, pero no querés registrarme -dijo la angustia, sentada en la punta de la camilla.
-Callate -respondió el hombre.
-¿Cómo dice? -se extrañó el médico.

-Nada, doctor, no fue para usted. Explíqueme mejor cómo es eso.

-Bueno, la angustia es una sensación que se produce en ciertas circunstancias...

-Sí, eso ya lo sé, doctor. Pero, ¿cómo se cura?

-¿Qué esperás?, ¿que te dé dos pastillitas y listo? -intervino de nuevo la angustia, que reía y jugaba con la balanza del consultorio.

El hombre cortó las bromas con un gesto, no fuera a ser que le diagnosticaran también esquizofrenia.

-Le sugiero que aprenda a convivir con ella hasta que se vaya -el médico se paró y abrió la puerta-. Enseguida regreso.

Ahora solos, el hombre encaró a la angustia.

-¿Y adónde pensás dormir? No te podés quedar en mi casa muchos días, no hay lugar -le dijo. Sus manos dibujaban elipsis en el aire.

-Tranquilo. Soy chiquita y me adapto fácil.

-No, pero no podés... -el hombre miraba de reojo la puerta.

-Te va a hacer bien la compañía. Me quedo el tiempo que haga falta.

-¿Por qué viniste?

-¡Ja! Dale, eso lo sabés bien.

-Pero cómo llegaste...

-Simple: me mudé con vos al 2° piso cuando el del 1° volvió con su pareja -contó la angustia mientras hacía un globo con los guantes de látex.

-Dejá eso que va a venir el médico en cualquier momento. ¿Ésa es tu costumbre?

-¿Cuál?

-La promiscuidad; saltar de casa en casa.

-Bueno... Pensá en mí más bien como una amiga que llega cuando el amor se va.
El hombre se quedó pensando. Iba a contestar, pero volvió el médico. Dejó la puerta abierta y dijo:
-Bueno, ya se puede ir.
-¿Y con la angustia qué hago?
-Conviva con ella.
Y cerró la puerta.

El hombre llegó al departamento, la angustia venía a su lado, y no se le ocurrió mejor idea que ofrecerle un té.
-Sentate, ¿querés un té? -el hombre apiló los platos sucios y puso agua en la pava eléctrica.
-¿Whisky no tenés? -la angustia relojeó la cocina y miró hacia el interior de la casa.
-Son las tres de la tarde.
-Sí, perdón, no me había dado cuenta. Quería algo más fuerte.
-¿Le pongo mucha azúcar a tu *whisky*?
-Qué bueno que aún puedas bromear en este contexto.
-Hay cosas peores -el hombre dijo mientras ahogaba los saquitos de té.
-¿Qué hay peor que quedarse solo?
-Uh, che, ¿pero vos viniste a hacerme compañía o a hundirme la moral? -el hombre le alcanzó la taza a la angustia y se sentó.
-Es que yo te entiendo bien -la angustia dio un sorbo corto.
-No me jodas. Suficiente te divertiste en el consultorio.
-En serio. Me quedé sin casa anoche cuando el de abajo volvió con su mujer.

-Parece que mucho no sufriste. Enseguida caíste de ocupa en la mía...
-Te dije que soy como una suerte de amiga que viene a hacer compañía en estos casos.
-Qué romántica...
La angustia agachó la cabeza y fue al living a sentarse en el sillón. Al hundirse, pensó que no sería tan incómodo para dormir. Miró por la ventana; las gotas se deslizaban sin apuro.
-Me gusta la lluvia -dijo en voz alta.
-¿Qué? -el hombre seguía en la cocina.
-Nada, que me gusta la lluvia. ¿Vemos una película?
-Son las tres de la tarde.
-¿Y qué? ¿Vas a volver al trabajo ahora?
-No, pero...
-Está bien, ya entiendo. Querés estar solo.
-Sí.
-Todos dicen lo mismo...
-¿A qué te referís?
-A nada, no te preocupes. Tenés suficiente con lo tuyo -la angustia prendió la televisión y se acomodó en el sillón.
-No me manipules que apenas resuelva lo mío te vas a tener que buscar otra casa... -el hombre entró a su habitación y cerró la puerta.
-Exacto...
La angustia se quedó recostada en el sillón.
Después de la siesta, se levantó pesada. Había dormido hecha una bolita y eso le trajo dolores en el cuello. Fue al baño y se vio vieja y arrugada, la marca del almohadón en el pómulo.

Volvió al living y se sintió mareada; daba un paso en zig, otro en zag. Se preparó otro té: estaba insípido. Probó con más azúcar; le dieron arcadas.

Afuera seguía lloviendo, el cielo color ceniza, las luces de la ciudad encendiéndose temprano: el invierno omnipresente.

La angustia sintió que el sinsabor se le extendía por todo el cuerpo. Necesitaba salir a tomar aire. Agarró el paraguas, bajó las escaleras y se paró en la vereda. Bajo el cielo gris húmedo encendió un cigarrillo, se rascó la cabeza y se preguntó:

-¿Qué me pasa?

Silvia Rothlisberger

Silvia Rothlisberger es colombiana y periodista. Lleva seis años contando las historias de los latinoamericanos de Londres en medios impresos, digitales y a través de documentales. Actualmente produce y presenta un programa de radio sobre literatura latinoamericana y española llamado *Literary South*.

ENFRENTAMIENTO

> *Como si hubiera
> una región en que el Ayer pudiera
> ser el Hoy, el Aún y el Todavía.*
> El Tango, **Jorge Luis Borges**

Después de varios días de enfrentarse con la página en blanco y sin lograr escribir una sola palabra de su libro, había salido a caminar para refrescar las ideas. Las calles estaban vacías, era medianoche y la luz de un bar de antigua fachada lo atrajo como a una polilla.
Junto a la barra había varias mujeres entre las cuales sobresalía una, altiva, de mirada profunda. Pensó que si la Lujanera, la que en una sola noche había tenido tres hombres, existiese en el mundo físico, se parecería a ella. El lugar era un galpón de chapas de zinc y estaba inundado de malandras valentones de esos que en uno de sus poemas Borges había llamado chusma valerosa.

Asombrado, reconoció entre ellos al mismísimo Rosendo Juárez el Pegador, con su sombrero alto de ala finita, sentado en la mesa junto a la ventana alargada fumando un cigarrillo. Sintió que el espacio y el tiempo se habían transportado al salón de Julia, aquel donde Rosendo perdió su coraje a manos de otro cuchillero.

Entonces descubrió de pronto que los músicos tocaban las canciones de El Tango, un disco producto de la colaboración entre Piazzolla y Borges, precisamente aquel disco sobre el cual llevaba dos días, casi insomne, intentando inútilmente escribir para su libro. Había escuchado El Tango una y otra vez en esos días, y cuando no estaba escuchando el long play, leía incansablemente el *Hombre de la Esquina Rosada* en busca de pistas, ideas o quizá inspiración para escribir. Ya se sentía más cercano al corralero Francisco Real, a Jacinto Chiclana, al títere y a Don Nicanor Paredes con sus cuchillos, sus puñales, sus corajes, y sus muertes; que a su propio gato. Aún así, ni una palabra había logrado poner sobre el papel.

"Ahora solo falta que me encuentre con Borges y Piazzolla bebiéndose un trago juntos. Lo que sería absurdo después que Piazzolla dijo que Borges era un sordo ignorante, a la vez que Borges llamaba a Piazzolla, Pianolla. Es increíble que, a pesar de haber creado esta obra maestra, hayan sido enemigos hasta la muerte," se dijo.

Veía a las parejas perder su voluntad frente a la música y el baile. ¿Cómo había llegado hasta allí? "Pero que tonterías estoy viendo, cómo pueden estar en el bar de la esquina personas que existen solo en la ficción, personajes de un cuento", pensó entonces, en un momento de lucidez. Había una sola explicación razonable: la obsesión por el tema de su libro estaba provocando delirios en su mente cansada. Lo mejor sería regresar a casa, olvidarse de El Tango, de Piazzola y de Borges, de su libro frustrado. Dormir tres días seguidos.

Llevaba varios minutos mirando fijamente a Rosendo Juárez, cuando el más joven de los orilleros que estaba con Rosendo lo notó y se paró frente a él lanzándole un escupitajo. La música se detuvo y varios empezaron a chiflar. El joven orillero metió su mano derecha en el bolsillo del chaleco y lo miro con ojos desafiantes. Lo estaba retando para que salieran a un enfrentamiento a cuchillo.

Lo más parecido que tenía él a un cuchillo era el bolígrafo que cargaba en el bolsillo izquierdo de su camisa. Alzó su mano negándose al enfrentamiento con un movimiento de cabeza, lo que pareció agraviar aún más al compadrito, quien ya tenía el cuchillo en la mano y apuntaba con la mirada hacia la puerta del bar para que salieran a pelear. Pero la Lujanera se acercó al orillero y le cogió la mano.

- Dejalo, este no es hombre que valga la pena – dijo con ira.

El aprovecho la distracción para escabullirse entre los cuerpos y salir del salón de baile, como había salido, humillado, el propio Rosendo Juárez en el cuento de Borges que releía desde hacía varios días. Al pasar por la puerta vio que el cielo estaba lleno de estrellas: parecían estar unas sobre otras y sintió un leve mareo.

Caminó por la calle oscura sintiendo que no era nadie. Volteó la mirada hacia el bar de donde salía la única luz de la cuadra, dio un leve brinco de hombros al notar la soledad que irradiaba el lugar. La imagen parecía sacada de Los Noctámbulos de Edward Hopper.

Sacó el bolígrafo del bolsillo de su camisa y lo tiró a un charco. Sintió que, como la Lujanera había dicho, era alguien que no valía la pena. Le dolía su propia cobardía. No había tenido coraje suficiente para enfrentarse al desafío de aquel rufián borgiano, no había tenido coraje suficiente siquiera para escribir sobre gente como él.

Se quedó mirando el bolígrafo en el charco y veía esas cosas de toda la vida – la página en blanco, la calle vacía, la luz de la esquina – hasta que descubrió las estrellas reflejadas en el agua. Entonces comprendió que tenía una historia que contar y que no era de los que se dejaban intimidar por un reto. Recogió el bolígrafo, lo limpió cuidadosamente como si fuera la hoja reluciente del más letal de los cuchillos. Alzó la mirada al cielo estrellado y decidió que ya era hora de aceptar el enfrentamiento.

Denisse Vargas Bolaños

Mi nombre es Denisse Vargas Bolaños. Nací y crecí en Bolivia Estudié Lingüística e Inglés. Ahora, sigo creciendo y reinventándome en Londres .

Comencé a escribir como un juego a los 8 años, cuando descubrí un libro de Freud que mi mamá tenía en su estante. Hablaba sobre la asociación libre que consiste en escribir todas las ideas, palabras, sentimientos que te vengan a la mente.

La poesía fue mi primer amor. Cuando escribo puedo crear mundos paralelos que me ayudan a entender la realidad. Actualmente estoy explorando los relatos cortos. En este libro comparto con ustedes dos de ellos.

CHIRU CHIRU

El día que volvimos a La Paz por el Camino de la Muerte, como le llaman a la ruta serpenteada que une Los Yungas con La Paz, el cielo estaba nublado. Los dos hombres que trabajaban en la casa ayudando a cosechar el café y las frutas que abundaban en nuestro patio nos llevaron a la plaza de Caranavi en un auto destartalado, donde a veces me escondía cuando mi mamá se enojaba por algo que mi padre o yo habíamos hecho.

Llegamos y los hombres ayudaron a mi madre a cargar sobre el techo del minibús cuatro maletas de cuero café brillante que contrastaban con los bultos multicolores de aguayo y las mochilas empolvadas de turistas que visitaban el pueblo. Yo miraba a mi alrededor, buscando desesperadamente a mi padre. Creí sentir que mi madre hacía lo mismo, pero él no apareció.

Era temporada de lluvia y el camino estaba resbaloso. Teníamos que ir lento y parar para que pasaran las movilidades que iban en sentido contrario. Era una senda muy estrecha. Yo iba a lado de la ventana, se podía ver el precipicio. Algunos árboles bajaban desperdigados hasta el fondo donde sus copas formaban un colchón mullido que se extendía en hileras de tonalidades verdes interrumpidas sólo por el cauce del río que se perdía en la lejanía. Me pareció escuchar los cantos de los pájaros escondidos en los árboles. Pensé en mi padre. Tal vez había trepado al árbol más alto y desde allí podía verme. Quizás se convertiría en pájaro, vendría volando y se sentaría sonriente sobre las maletas y haría ahí un nido de colores con los bultos de aguayo acomodados en el techo. La lluvia paró y después de casi 3 horas llegamos a la cumbre. Sentí que me faltaba el aire. Bajamos a estirar las piernas y a comprar algo para comer. Tomamos mate de coca para calentarnos.

De repente, miré a mi alrededor, todo estaba cubierto de blanco. Nunca había visto nada igual, mis pies se hundían en el piso y producían un sonido como del pan crujiente que solía comer en el desayuno.

Mi madre sonrió por primera vez desde que habíamos partido, me abrazó fuerte y me enseñó a hacer bolitas blancas como los helados de chirimoya que mi padre solía comprar en el Mercado Central.

Llegamos a la casa de mis abuelos en el barrio de Sopocachi. Tiene nombre de pájaro, pensé. El departamento estaba en el piso 10. El edificio era más alto que ningún árbol que había visto antes. Las puertas de entrada eran de vidrio y detrás de un mostrador había un señor sonriente que pareció alegrarse al vernos. Mi madre lo saludó y le dio un abrazo. Creí escuchar el nombre de mi papá. En ese momento unas puertas se abrieron y entramos allí con las maletas. Yo miraba todo con curiosidad. Era un cuarto muy pequeño con números que brillaban al lado izquierdo y un espejo que ocupaba toda la pared. Sentí una sensación extraña en el estómago, de repente las puertas se abrieron otra vez.

Siempre había sido curiosa, observaba todo a mi alrededor pero no como algo ajeno a mí. Desde que tuve uso de razón sentí que un hilo invisible me ataba a todas las cosas, personas y eventos. Mi papá, que parecía entender lo que sentía, me enseñaba formas de encontrar esas conexiones con el mundo que me rodeaba.

Recuerdo que pasaba los inviernos, cuando el calor no te quitaba el aliento, aprendiendo a reconocer el canto de los pájaros. Para atraerlos les poníamos semillitas de zapallo, maíz, y alpiste en una especie de carrusel diminuto que él había construido. En vez de caballitos tenía bandejas sobresalidas y al centro de todo un pequeño "jacuzzi", como él lo llamaba. Cuando dejaban de picotear lo que encontraban se posaban en los árboles de manzana y desde ahí volaban en diferentes direcciones

A veces poníamos sólo una clase de semillas para atraer un cierto tipo de pájaro. Por días los observábamos, el color de sus plumas, del pico, los ojos, si tenían la cola larga, un penacho o cuernito en la cabeza y lo más importante su canto. Al principio me pareció imposible recordar los sonidos que emitían, pero él me decía que había que tener paciencia. Yo no entendí esa palabra, pero después de varios días de observación me di cuenta. Paciencia era quedarse sentada en una silla de mimbre sin distraerse ni mirar para otro lado y esperar hasta que el pájaro cantara.

El Cachudito Pecho Cenizo venía todos los días, casi todas las plumas de sus alas eran negras y unas pocas blancas, el pecho gris, la cola larga, el pico obscuro y unos pelos negros despeinados en la cabeza que me divertían mucho. Mi padre me explicó que a eso se le llamaba cresta. Su canto empezaba con un suave *pri* y luego sonaba fuerte y rápido como los pitos que se escuchaban en el carnaval .

Una vez seguí a un pájaro negro con el pico pálido y de ojos amarillo intenso que había visto en el patio varias veces. No había podido escuchar su canto y me dio curiosidad. Mi padre observaba a otro con mucha atención y no vio cuando salí de la casa. Corrí tratando de no perderlo de vista y me pareció escucharlo en la copa de un árbol muy alto. Empecé a trepar pero de pronto sentí como agujitas picándome los brazos y luego todo mi cuerpo. Tuve que saltar y volví a la casa desesperada. En ese momento no entendí qué me pasaba. Después mi padre me dijo que nunca siguiera al Cacique Pico Claro porque le gustaban los árboles con huequitos donde vivían insectos.

Apenas me vio mi madre, supo qué hacer. Me llevó a la caseta de madera y me dio un baño que me alivió, luego me puso sobre la mesa grande del patio y sacó una por una las hormigas que todavía se habían quedado prendidas en mi cuerpo. No dijo nada, sólo movió la cabeza con gesto grave. No recuerdo mucho lo que pasó después, sólo sé que cuando desperté en el cuarto, él estaba allí. Me sonrió y me guiñó un ojo. Mi madre no se veía feliz, suspiró y salió del cuarto dando un portazo.

Un día mi padre y yo fuimos a nuestras acostumbradas caminatas. Se paraba a observar algo y luego escribía notas en un cuaderno. Yo veía todo a mi alrededor, las mariposas negras con manchas amarillas que brillaban como si alguien las hubiera pintado con el marcador que usaba mi papá para acordarse de algo importante, los saltamontes que se confundían con las hojas del suelo y los corta pelos con las colitas rojas, verdes, celestes que movían sus alas como el ventilador que había dentro de la casa.

Caminé por mucho rato en el monte hasta que me di cuenta que me había perdido. Mi madre me encontró. Se veía muy enojada. Esa noche escuché la discusión (o el monólogo).

—¿No te das cuenta que le pudo haber pasado cualquier cosa? ¿Y qué hubieras hecho tú? ¿Preguntarle a los pájaros? No debería haberte seguido en esta locura. Ahora me doy cuenta. Pero ya lo decidí, este fin de mes vuelvo a La Paz contigo o sin ti.

Hubo un largo silencio. Mi padre no dijo nada. No le contó que yo ya sabía los nombres de algunos pájaros, que los describía casi sin equivocarme, que podía imitar sus cantos. No le dijo que los hilos que me unían al mundo se habían hecho más visibles y que sólo necesitaba un poco más de tiempo para llegar a ser como él.

En la casa de mis abuelos mi mamá se veía diferente, empezó a sonreír más. Me abrazaba. Acariciaba mi cabeza. Y me miraba con ese brillo en sus ojos que me gustaba tanto. No le pregunté por él, pero escuché algunas conversaciones que ella tenía con mis abuelos, con alguna amiga o parientes que venían a visitarnos. De ese modo supe que mi padre era biólogo y que tenía un proyecto en Caranavi. En una de esas charlas, pensando que yo dormía la escuché.

—Él vivía en su propio planeta, Charito. No le importaba nada más que su proyecto, sus cosas, esos pájaros, malditos pájaros. —creí escuchar que lloraba—. Pensarás que estoy loca —rió nerviosa—. El proyecto ideal según él. Nos iríamos a vivir a las afueras de Caranavi por tres años. Él podría trabajar sin distracciones y no necesitaría viajar tanto. Yo podría seguir con mi pintura y —bajó la voz— ella tendría contacto con la naturaleza y todas esas vainas. En fin, un "paraíso terrenal" —hubo un silencio—. Esa casa se hubiera caído a pedazos. Al principio él hizo algunas cosas pero poco a poco todo se volvió mi responsabilidad. La comida, las compras, los árboles frutales, los ayudantes, el mantenimiento de la casa. Lo único que hacía él era sentarse en el patio y quedarse por horas mirando a esos pájaros—volvió a bajar la voz—. Cuando ella se quedaba con él no comía nada en todo el día. Se la llevaba a sus caminatas y la traía completamente mojada y sin nada en el estómago. Una vez apareció sola llena de picaduras de hormiga, le dio fiebre por dos días. A él por supuesto no se le movió ni un pelo.

Pero lo que colmó el vaso fue el día en que él había vuelto de uno de sus paseos. Comió algo se bañó y se acomodó en el patio como siempre. Yo estaba allí recogiendo las naranjas junto a los hombres y poniéndolas en esteras. Me pareció extraño no verla con él, pensé que estaría dentro de la casa. Revisé todo incluso el auto viejo donde a veces se escondía y nada. En ese tiempo ya no hablaba con él, pero tuve que hacerlo. Le pregunté dónde estaba mi hija. Me miró como si le estuviera hablando en chino. Como si no recordara que la había llevado con él en la mañana. Entonces salí como disparada a buscarla por los lugares que sabía que caminaban. Los dos hombres, que habían escuchado la conversación, me ayudaron y fueron en diferentes direcciones. La busqué por horas, gritando su nombre, con una sensación de tener algo atorado en la garganta. Se me caían las lágrimas, Charito.

Ya estaba oscureciendo y me empecé a desesperar. Ya casi sin voz y cuando iba a gritar otra vez su nombre, la vi sentada en el suelo en medio de los árboles abrazando sus piernas, temblando de frío. En ese momento tomé la decisión de volver aquí .

Por mucho tiempo, después de haber escuchado esa charla, sentí que todo había sido mi culpa. Luego culpé a los pájaros. Si no los hubiera seguido y observado tanto tal vez mis padres estarían juntos. Estuve dispuesta a dejar de pensar en ellos para que así mi padre volviera. De tanto intentarlo y por la novedad de las cosas que me pasaban logré dejarlos escondidos en algún rinconcito de mi cabeza. Comencé a ir al colegio. Todo era diferente en esta ciudad donde parecía que la gente iba apurada a alguna parte. Como cuando en nuestras caminatas él me mostraba las nubes .

-Están cargadas, ¿ves? Tienen un color gris oscuro. Seguro que se caerá el cielo.

Le asustaban las tormentas. Me cargaba en sus hombros, apuraba el paso y me pedía que cantara como el Chiru Chiru. Nunca lo había visto, pero él me contó que era un pájaro muy pequeño, prefería los lugares solitarios y hacía su nido en las ramas más altas de algún árbol. Para protegerse de otros pájaros lo rodeaba con espinos de algarrobo, entrelazados como si fueran estrellas. Me dijo que su canto, que sonaba igual que su nombre, podía alejar todos los miedos.

No sé cuánto tiempo había pasado desde que volvimos a La Paz. Un día mi mamá me llamó a su cuarto. Estaba acostada, me pidió que me acomodara a su lado . Dijo que él se había ido. Lejos. A otro país.

Esperé que volviera por mucho tiempo. A medida que pasaron los años fui entendiendo mejor algunas cosas. Como los motivos por los que la relación entre mi padre y mi madre se había roto. Lo que nunca pude entender fue por qué no me buscó. Su voz en el teléfono hubiera bastado. Una carta, una nota, algo que me mostrara que pensaba en mi. Que también me extrañaba.

Su ausencia hizo que los recuerdos de mi niñez a los que me aferraba desesperadamente se fueran volviendo manchas amorfas, descoloridas.

Me hizo falta en tantos momentos importantes que la espera acabo por convertirse en rabia. Aunque a veces una especie de tristeza fría pululaba dentro de mi como un surazo.

Eran las dos de la tarde, había terminado una clase en la universidad y me tocaba otra a las tres. Me senté en el único banco que había en ese rincón del jardín, dónde siempre me refugiaba, alejada del bullicio. No había nadie más, sólo árboles alrededor, pasto y algunos geranios rojos . Me gustaba estar allí. Me sentía libre. Respiré profundo.

De repente, sin saber si fue real o imaginario, lo escuché: chiru chiru- chiru chiru - chiru chiru.

Mi cuerpo entero se estremeció. Por unos segundos mi respiración se detuvo. Sentí un calor repentino que me llenó la cara y empezó a recorrer hacia el cuello y los brazos.

Escuché sus pasos detrás de mí, como un suave aleteo hundiéndose en el pasto. No pude despegar la vista del frente, sentí que un alambre invisible me sujetaba el cuello. Entonces, lo vi. Su silueta se detuvo en la otra punta del banco. Se quedó parado allí. Hubo un silencio largo. Sentí que me faltaba el aire. Finalmente se sentó como si su cuerpo le pesara. Mi cabeza era un globo a punto de explotar. Sin darme cuenta las palabras salieron de mi boca como dos cuchillos cortando el aire.

—¿Qué quieres? — él no contestó.

Su silencio actuó como un resorte en mi cuerpo. Por fin, pude girar la cabeza y mirarlo de frente.

Lo miré desafiante, pero me encontré con el brillo de sus ojos tristes. Bajó la mirada. Lo vi envejecido, no era tan alto como lo recordaba. Su piel ajada brilló con el sol, resaltando sus pómulos. De rato en rato abría y cerraba una de sus manos que descansaban sobre sus piernas. No levantó la mirada.

Intenté decir algo. En lugar de palabras, las lágrimas rodaron silenciosas por mi cara. Miré al frente de nuevo. Creí escuchar que él también lloraba.

Y nos quedamos ahí, sentados en los dos extremos del banco, unidos por ese hilo invisible que nunca se había cortado.

TU AMOR ME HACE BIEN

Los domingos en Londres eran largos. Imaginaba a mi familia recién levantándose y preparando el desayuno. Hasta podía sentir el aroma de los panes de arroz y el café destilado que salía de la cocina .Mis hermanos limpiando la casa con la música a todo volumen. La risa de mi hermanita menor persiguiendo a Tambor por toda la casa tratando de agarrar su larga y mullida cola rubia. La potente voz de mi madre llamando a todos a desayunar en la cocina.

Había estado en este país por casi dos años, pero esas imágenes se fueron volviendo parte de un ritual dominguero. Me aferraba a ellas. Tal vez porque, aunque me negaba a reconocerlo, sabía que la distancia me iba borrando poco a poco de sus vidas.

Cuando conocí a Joao y nos vinimos a vivir a este cuartito, *bedsit* le dicen en inglés, me dijo que los domingos también sentía mucha *saudade*.
Decían que los portugueses eran tacaños. Joao definitivamente lo era. Le gustaba ahorrar las palabras y las guardaba para ocasiones especiales o cuando literalmente se le soltaba la lengua después de un par de esos vasos de cervezas que sirven en los pubs, que más que vasos parecen floreros. Entonces él sí que hablaba un portuñol fluido.
Antes de venir a Londres Joao había vivido en Andalucía por dos años y aprendió español con un acento que me recordaba la música que a mi madre le gustaba bailar levantando los brazos y formando semicírculos en el aire. Nos conocimos en un restaurant a lado de la estación de Seven Sisters. Éramos un grupo de 10 personas de distintos países. Todos hablaban español. La música alegre y la comida me transportaron a la ciudad que había dejado.
Martha, la amiga colombiana que había elegido ese lugar. recomendó la bandeja paisa. No pude evitar pensar con nostalgia en la parrillada que hacíamos los domingos en Santa Cruz, el arroz con queso y la yuca frita. Tomamos cerveza y whisky. Yo nunca había tomado whisky.
 Recuerdo que empezó a tocar Tu Amor Me Hace Bien de Mark Anthony y casi todos se levantaron de sus sillas y fueron a bailar. Sólo quedamos él yo sentados en los extremos de las dos mesas que habían unido para acomodar al grupo. Yo no me había fijado en él antes. Era mayor que yo. Tenia algunas canas. Siempre había escuchado decir que los hombres se ven más atractivos

con canas. En cambio las mujeres teníamos que cubrirlas para no parecer viejas.

Se dio cuenta de que lo estaba mirando, esbozó una sonrisa, se paró y fue a sentarse a mi lado. Se veía alto. Su cabello ondulado contrastaba suavemente con su piel color almendra. Unos brazos muy bien formados se distinguían en las mangas de su camisa blanca impecablemente planchada. Me hizo las preguntas usuales, que de dónde era, en qué zona vivía, si me gustaba Londres. Cuando le tocó el turno de responder, dijo que aquí había trabajo y eso era lo que importaba. Parecía un hombre práctico. En cambio yo, siempre inventándome historias en la cabeza, soñando con tener una vida diferente, no sólo trabajar desde la madrugada hasta la noche. Sin embargo, sentí como si lo hubiera conocido por años. Teníamos algo en común que nos unía. El estar solos en una ciudad que te pisa los talones si no apuras el paso. Le pregunté si quería bailar, sonrío otra vez y dijo que esa pregunta me la tenía que hacer él. En ese momento no le di importancia a su respuesta. Tomó mi mano y se puso de pie. Terminamos bailando hasta que cerraron el lugar.

Joao se levantaba más temprano que yo incluso en sus días libres. Un domingo en la mañana me despertó con un café y unos perfectos panes de arroz que había aprendido a hacer en el YouTube.

Él también extrañaba su comida y aunque yo había intentado aprender a cocinar platos portugueses, siempre decía que les faltaba algo. Así que frecuentemente terminábamos comiendo en la Grelha d'Ouro, un restaurant portugués cerca de la estación de Stockwell.

Él no tenía mucho contacto con su familia. Cuando le preguntaba por sus padres o hermanos decía. "Tú eres mi única familia ahora".

A los tres meses de vivir juntos comenzó a decirme que no debería mandar dinero a mi familia. Que se estaban aprovechando de mí y que yo no sabía administrar bien mi sueldo. "Yo soy el único que se preocupa por ti".

Mi mamá y mis dos hermanos menores eran la razón por la que mi trabajo se hacía tolerable. Las madrugadas eran la peor parte. Salía a las 4 de la mañana para tomar el bus 88 que me llevaba a la Westminster University. Cuando alguien de Santa Cruz me preguntaba por el whatshap en qué trabajaba en Londres, respondía orgullosa que en la Universidad de Westminster. Lo que no decía era que la limpiaba.

No había podido terminar el colegio. Por eso me sentía satisfecha sabiendo que el dinero que podía mandarles trabajando en este país, aunque era poco, les aliviaba en algo en el pago del alquiler y los materiales de estudio a mis hermanos.

Joao parecía molesto a veces. Se quejaba porque decía que no me arreglaba como antes. Y cuando trataba de hacerlo, decía que mi ropa era muy ajustada o con mucho escote. Empezó a escoger la ropa que me debía poner. Me decía que lo hacía porque no quería que pareciera una cualquiera. Pensé que esa era su manera de quererme.

La primera vez que estuvimos juntos dolió mucho. No cómo me la había imaginado. No hubo besos, ni caricias. Ni siquiera me miró. Las otras veces fueron casi igual, sólo que ya no dolían tanto. Cuando terminaba, se daba la vuelta en la cama y apagaba la luz sin decir ni una palabra. Yo trataba de acercarme y lo abrazaba por la espalda, le decía que lo quería. Se quedaba tieso y no respondía. Después de un rato, escuchaba sus ronquidos. Creo que fue un sábado en la tarde cuando empecé a pensar que algo no andaba bien en nuestra relación. Joao acababa de tomar un baño, parecía de buen humor. Le propuse ver una película, abrimos unas cervezas. Se sentó a mi lado y como muy raras veces lo hacía me atrajo hacia su pecho y me abrazó. Sentí su calor, su olor a limpio. Levanté la cabeza y comencé a besar su cuello mientras le acariciaba la cara y el cabello todavía húmedo. Sentí la tensión de su cuerpo. Busqué sus labios, no se movió ni un centímetro. Le abrí la bata y acaricié su pecho desnudo. Me desabroché la blusa para que él hiciera lo mismo. Entonces me separó bruscamente de su cuerpo y me miró. No entendí su expresión. Se cerró la bata.

"No me gustan las ofrecidas. Ciérrate eso, pareces una cualquiera".

A veces me pedía que hiciera cosas que no me gustaban. Evitaba mirarme a los ojos. Me hablaba sólo para decirme qué hacer o en qué posición ponerme, como si yo fuera algo inanimado que tenía que adaptarse a él hasta dejarlo satisfecho. Me sentía avergonzada. Decía que yo era una tonta sin experiencia . Que no sabía cómo complacer a un hombre.

Lo único que yo entendía de sexo era que cuando te juntabas con alguien que querías eso tenía que pasar. Mis amigas decían que yo era muy romántica y que esperaba demasiado. Ellas lo disfrutaban con sus parejas. Yo no. Me negué a estar con él varias veces. Pensé que era mi culpa. Tal vez él tenía razón.

Mi mamá siempre había sido muy estricta. Me dejó tener cortejos pero no podíamos estar solos así que aparte de besos y algún toqueteo no pasábamos a más. Siempre encontraba alguna vecina o prima mayor que nos acompañaba al cine, a la plaza o a los tilines . Mi primer beso duró los quince segundos en los que Doña Julia se durmió cuando fuimos a ver la Guerra de las Galaxias en el cine Bella Vista.

Una noche, ya acostados en la cama, Joao que estaba de espaldas a mí no apagó la luz de la lamparita . Yo estaba apoyada en mi lado derecho ya a punto de dormir. De repente sentí que se dio la vuelta bruscamente y sin decir nada apretó mis pechos con su mano izquierda. Sentí náuseas. Le retiré la mano. Se puso furioso, dijo que era su mujer y le tenía que cumplir. Como una fiera abalanzándose a su presa, empujó mi cuerpo hasta que quedé acostada de espaldas. Sujetó mis brazos con ambas manos y apoyó sobre mí su cuerpo pesado que desprendía un olor salado. Con un rápido movimiento de su mano derecha bajó mi pijama, mi ropa interior y quiso forzarse dentro de mí. Me quedé tiesa, pero sentí todo el cuerpo agitado. No sé de dónde saqué fuerzas, junté las piernas, las doblé hacía a mí para impulsarme y le di un empujón que lo hizo caer de espaldas en la cama, que emitió un chirrido. Como si un resorte se hubiera reventado dentro de mí, salté hacia el suelo sin darle tiempo a reaccionar. Una voz que no me pareció familiar salió de mi garganta como un grito atorado.

—¿Cómo te atrevés a querer obligarme?

Su expresión de sorpresa se tornó en carcajada. Dijo que estaba loca, que debía estar agradecida que él quisiera tocarme. Lo vi incorporarse lentamente con una sonrisa sarcástica en la cara. En ese cuarto diminuto la cocina estaba casi a lado de la cama. Sin darme cuenta de lo que hacía, abrí el cajón de los cubiertos y saqué un cuchillo. Las manos me temblaban. Lo sujetaba tan fuerte que me dolía la mano, aferrándome al mango como náufraga a una tabla.

—¿Qué quieres *fazer*? ¿Matarme? Tú no eres nada sin mí. —vió que mis ojos se clavaron en el celular que estaba sobre la silla, a lado de la cama—. ¿A quién quieres llamar? ¿A la policía? ¿Y qué les vas a decir? ¿Que no cumples como *mulher* y que eres una buena para nada? Yo soy quien precisa protección contra una *louca*. — Tomó su teléfono y llamó a la policía.

La estación de policía de Stockwell estaba sólo a dos cuadras de nuestra calle, así que supongo que llegaron en cuestión de minutos, que parecieron interminables. Después de llamarlos, Joao, que siguió sentado en la cama, me miraba irónico diciendo que si quisiera podría quitarme el cuchillo con un solo movimiento.

—¿Y sabes por qué lo haría? Para que no te lleven presa. ¿Ves la diferencia?. — se movía hacia adelante fingiendo incorporarse como si disfrutara ver el sobresalto de mi cuerpo.

Por fin el timbre sonó. Joao se asomó por la ventana abierta y gritó en inglés que lo quería matar. Les lanzó las llaves para que pudieran subir. Apenas los vi entrar solté el cuchillo y me desplomé en el piso.

No hablaba bien inglés y no entendí todo lo que decían. La mujer policía me ayudó a sentarme en la cama y a cubrirme con algo. Me hizo algunas preguntas. El hombre escuchaba a Joao que gesticulaba y señalaba el cuchillo. "*Crazy, crazy*", decía moviendo la cabeza de un lado al otro. Lo vi ya vestido , se puso la chamarra y salió con el oficial. Antes de irse la mujer me dijo que no abriera la puerta si él venía. 'Investigate', 'interpreter' es lo que entendí. Me dio una tarjeta con un número al que podía llamar si no me sentía a salvo.

Me quedé sola en el cuarto con una sensación de vacío en el estómago. Las imágenes de mi niñez se agolparon en mi cabeza una tras otra. Mi risa de niña llenó el cuarto y vi a mi madre. Siempre fuerte, cuidándonos. Recordé la vez que había viajado desde Cochabamba, y la ciudad a la que me había ido a trabajar. Fue después de una decepción amorosa. Me senté en la flota por siete horas sintiendo que mi mundo se derrumbaba. Llegué a la terminal. Tomé un taxi. Toqué la puerta de la casa. Apenas se abrió y vi a mi madre, mis lágrimas ya no se contuvieron y busqué refugio en la fortaleza que esos brazos construían protegiéndome del mundo.

Ya habían pasado dos días después del incidente. Intenté seguir con mi rutina. No le conté de esto a nadie. Traté de ocupar mi mente en otras cosas, escuchar música para relajarme. Puse el CD de Mark Anthony y empecé a preparar algo de comer. Entonces sonó el timbre, me asomé a la ventana y no vi a nadie abajo. Miré por la mirilla y vi a Joao parado frente a la puerta.

Con voz desvalida me pidió que le abriera. Le dije que se fuera.

—Hace frío aquí afuera. —murmuró .

Dijo que todos sabían que él me quería y que yo lo quería. Nunca lo había escuchado hablarme de esa manera. Lo único que me pedía era un cafecito, insistió. Me dolió escucharlo así. Le hice un café y abrí la puerta para dárselo en el pasillo. Sonrió apenas y dijo que sólo necesitaba sentarse un rato. Su mirada parecía la de un niño arrepentido. Dijo que estaba cansado. Yo también lo estaba. Además no tenía a nadie aparte de él en esta ciudad.

Apenas entró y cerré la puerta, su actitud cambió completamente. Caminó con aplomo, erguido, los hombros amplios parecieron extenderse aún más como si se deshiciera de una piel invisible y emergiera en otra, la real. Se sentó en una de las dos sillas que había en el cuarto. Puso sus pies sobre la cama recién hecha, colocó ambos brazos detrás de la nunca acomodándose en la silla y me miró con esa sonrisa sarcástica.

—La policía te dijo que no me dejarás entrar. Y aquí estoy. Nadie te va a *acreditar* después de esto —No paraba de hablar— Te dejo unos días y mira cómo te ves. Eres un desastre. Esa falda tan corta mostrando todo. Después no te quejes de lo que te pase. Provocando como una cualquiera. Sí, no me mires así. Una cual-quie-ra , eso es lo que eres.

El Cd seguía sonando, pero sólo caí en cuenta de ello cuando él dijo, con el mismo tono irónico, que esa era la canción que bailamos cuando nos conocimos. Dijo algo más, pero ya no lo escuché. El coro de la canción se repitió. Las imágenes de mi vida con Joao pasaron por mis ojos como un flash que duró unos segundos.

Me sentí un animal acorralado respondiendo sólo a mi instinto de conservación. Pero esta vez fue diferente. Mi respiración se aceleró, un calor repentino me recorrió. Con la convicción de quien ve por fin la luz al final de un túnel, abrí el cajón de la cocina. El objeto que sostenía se volvió parte de mi cuerpo. Mi mano. La mano que iba a cortar el último lazo que me ataba a él.

José Zavala

Jose R Zavala nació en Argentina en 1960 y reside actualmente en Reino Unido.
El primer tercio de su vida transcurrió entre la selva, el calor y el agua. El segundo solo lo acompañó el calor y el agua. En el tercero, el agua… en todos sus estados. Recientemente, cuando no está desarrollando procesos industriales, patentes y esculturas urbanas, escribe. Este cuento es, por tanto, casi un accidente.

LA CASA VACÍA DE VIDA

Consiguió dominar la idea de la partida. Recorrió ciertas calles de la ciudad para asegurarse que nunca extrañaría los pozos, los perros saliendo en manadas a ladrar y morder las ruedas del vehículo. Las cunetas pestilentes de agua estancada por meses, los mosquitos descarados. Un calor infernal que lo estampaba contra el asiento del cual el aire acondicionado no lograba despegarlo. Las casas básicas, endebles, apiladas desordenadamente a ambos lados de calles sin final. La laguna con camalotes y paja brava que solo los caballos y niños disfrutaban sin precaución alguna de quién sabe qué impurezas se mezclaban ahí. Los árboles majestuosos que sobrevivían a los calores interminables, sin referencia de ser afectados,

mirando desde arriba a los mortales que se desvanecen en letargos inesperados.
Solo transitaban individuos de andar cansino, motivados por desesperaciones extremas.
Campeando la tranquilidad total, sólo interrumpido por el ruido de una motocicleta de 50cc, y en esta dos tripulantes que oteaban..., buscando señales de casas deshabitadas circunstancialmente, las que se desnudan para ser expoliadas por ese par de ladrones. Una sola ventana entreabierta alertó su atención. Giraron, regresaron sobre lo recorrido, volvieron a girar pero esta vez en círculo en el medio de la calle donde la ventana les anunciaba una posibilidad. Apagaron el motor; el silencio se impuso... simulan reparar, la escena estaba declarada, ahora solo quedaba esperar la oportunidad para el asalto.
En ese mismo barrio, largos meses de preparación quedaron manifestados con la última silla reconocida gracias a un escuálido foco que iluminaba la habitación. Mi casa vacía, ahora, de una vida de veranos largos que llegaba a su fin. -Siempre puedo regresar... pero por que pensar en ello..., si estamos con el entusiasmo para alejarnos de todo este polvo que se localiza en lo más recóndito de los espacios menos esperados. −Abandono todo esto, listo para viajar a otro continente.
Algo me llama la atención, la ventana entreabierta, la misma que utilizaron para arrebatar la computadora, esa que era tan vieja que me daba vergüenza tirarla para no enfrentar una potencial pregunta sobre su antigüedad. Pero ocurrió, el ladrón, nada avezado en IT, se la llevó ahorrándome el potencial escarnio inquisitivo. Lo cual ocurrió hace meses, en otro verano malogrado, cuando termine la construcción de mi casa. Desde ese desgraciado

evento, fabriqué rejas internas en cada ventana. Estas quedaban ocultas por el postigo, para proteger...

Desde entonces se asentó el odio que me domina. Imaginé una y otra vez formas de atrapar al desesperado apropiador de lo ajeno. Traduje el odio en tácticas defensivas. Llegue a la locura al punto de imaginar escenas en donde una turba de vecinos rodeábamos a todos los ladrones en un solo instante. Vi sus caras desencajadas como animales furiosos. He explorado una plétora de posibilidades... todas inconducentes, inútiles.

Ocurrió durante una siesta de un clásico domingo polvoroso. Solo quedaban en la casa, la silla y la escopeta cargada con cartuchos de sal..., allí muy cerca de aquella ventana. El mecánico simulador, dejando a su compañero de campana, se lanzó raudo hacia la casa. Se aproximó haciendo ruido al abrir el portón con campanitas de cobre repujado..., luego el 'crick...crack' de sus pasos sobre las piedras de córdoba. La intensidad de la luz penetrando por la ventana se incrementó lentamente con el abrir del postigón, lo observé petrificado pero con mi corazón palpitando, generando litros de adrenalina. El momento de saciar el odio había llegado intempestivamente. Camino a su encuentro sin sentir mis pasos. Una figura se perfila a contraluz. Luego en un momento inesperado, un conjunto de destellos disímiles invadió todo.

Un cuerpo tendido y mi dedo aún transpirado tensando el gatillo... luz... mucha luz entra ahora por la ventana de la casa vacía de vida.

Enrique D. Zattara

Es argentino, aunque nómada. Ha vivido en Venado Tuerto, Rosario, Buenos Aires, Málaga y desde hace tres años en Londres. Escribe narrativa, poesía y ensayo; pero ha vivido toda su vida del periodismo. Tiene diecisiete libros publicados, los tres últimos *Ser feliz siempre es posible* (cuentos), *Como dos cuervos en la rama* (novela) y *Reflexiones de un filósofo aficionado* (ensayo). Es director del proyecto cultural multimedia El Ojo de la Cultura Hispanoamericana y Coordinador de los talleres de Escritura Creativa.

DE LA DURA RELACIÓN ENTRE
EL ARTE Y LA VIDA

Ahora todo era igual que el cuarto donde paseaba la vista de una pared a otra, mirando la reproducción de Seurat, la foto del molino con la que había ganado en el año 71 un premio insulso en la Escuela Técnica, mirando el plato que daba vueltas con el espiral negro de baquelita de donde salía un piano un poco rígido que tapizaba el aire, cargado como de una estopa pesada y abrumante. Ahora, un sábado de Carnaval (pero el Carnaval transcurría afuera, en algún lugar desde donde apenas se oían, trasladados a través del aire, los compases de un cuarteto ruidoso que se difundía por los altoparlantes), Alberto escuchaba ese preludio de Debussy que flotaba (claro, qué verbo se le podía ocurrir para Debussy, vaya la vulgaridad) y disonaba confortándolo extrañamente, mientras avanzaba la noche y no se decidía a hacer nada. "Una política de la inacción", pensó, "Habría que inventar una política de la inacción para justificarse en estos momentos en que es imposible hacer algo coherente". Era una ocurrencia nomás, por supuesto nada serio, como todo lo que pensaba cuando se ponía como ahora. Porque al fin, ¿por qué iba a ser necesario justificar que un primer sábado de Carnaval, a las tres de la mañana (o las cuatro, no sabía exactamente y no tenía ganas de mirar el reloj), estuviera sentado o medio acostado, encima de la cama, solo, tratando de concentrarse en algo más que vagos e imprecisos planteos, repasos mentales no demasiado hilvanados entre sí, y escuchando a Debussy lo suficientemente bajo como para no despertar a los vecinos? Y en todo caso ¿justificarlo ante quién? ¿Ante sí mismo, ante su prolija mentalidad ordenadora y sistematizadora de hechos y situaciones, su razón meticulosa como un buen libro, o ante su vida que era casi lo contrario, una cadena deseslabonada de pensamientos sin relación, como una proyección donde al operador se le hubieran mezclado los rollos de varias películas diferentes? ("La vida es como un collage y esta noche puede ser la réplica, el modelo en escala") Se rió, porque siempre que acudía a esas reflexiones, como ahora, le parecían pomposas y filosóficas, pero inútiles; le causaban gracia, finalmente. Y además, volvió a decirse, empecinado en su idea inicial, porque eran elaboraciones, acciones, y lo lindo hubiera sido alcanzar la inacción total por un segundo esclarecedor, sin actividad mental para proyectarlo al ámbito de las cosas que lo rodeaban. Es decir, *ser esas cosas*. Ser esas cosas sin conciencia de ellas: el ruido de la púa, por ejemplo, o el levantamiento popular en Timor. Pero tenía la inevitable costumbre de dejarse cercar por ellas y no podía dejar de ser humano; por lo demás, hacerse el propósito de lograrlo, forzar el intento, hubiese sido de por sí una acción, así que no valía la pena, era tiempo perdido.

Le gustó la idea de que esa noche (u otras noches) podían ser un modelo a escala de su vida. La retuvo un momento girando en su cabeza como en la punta de un trapecio y después la dejó caer. Un collage, eso, pero a veces las figuras se superponían, se entremezclaban, y él no podía a la vez estar en los recortes y ser el papel, o la madera donde uno a uno se iban adhiriendo, algunos alejados, sin relación entre sí, otros mezclando aristas, los más superpuestos en posiciones inverosímiles, azarosas. De cualquier modo qué tenía todo aquello que ver con la lógica, con la psicología, con todos los sistemas que inventaban a diario los buenos pensadores. Había leyes lógicas para aquellas vidas prefabricadas, buena educación occidental y cristiana, pensó. Entonces claro, casi no hacía falta demostrarlo, escuela y hogar, iglesia y buenos amigos, dime con quién andas y te diré quién eres, objetivos claros y constructivos, la bacinilla de noche, *sempre piú avanti*. Lástima que a veces fallaba un tornillito, se metía una pelusa en el engranaje (¿una pelusita tibia y romboidal hallable en el ángulo de dos piernas, quizás?), y entonces trac. Y uno, después de eso, tomaba conciencia de que no es tan lógico que la vida sea una sucesión de cosas lógicas. Y después apechugar la degradación, el etiquetaje, con ese secreto sentimiento de triunfo, regodeándose en que del tornillito alguien pasara a las recomendaciones sobre el psiquiatra. "Ah", pensó ahora, "viejo Boileau jurando con la mano derecha en el

Discurso del Método, qué contento estarías tres siglos después con la sensatez de este buen mundo creído en todas las explicaciones".

Sin embargo, dijo casi en voz alta para alguien, para sí mismo porque no había ninguna otra persona en el cuarto y él no era un personaje que hablara a cuenta de otro sino un muchacho de carne y hueso, veintitrés años y un cuarto de ciudad de provincia, sin embargo aún en él no cesaba el afán ordenador, ese arrastre de su propia y pulida cultura. Sí: como si la vida fuese un collage y no importara de dónde salían los recortes ni sus combinaciones, pero eso siempre que a la larga, por lo menos mirado desde alguna perspectiva especial, los recortes y las combinaciones dieran como resultado un cuadro, algo armado, pasible de ser contemplado sin una forzosa incomprensión última. Al menos, aunque una sola persona fuera poseedora de la clave para dar con la perspectiva exacta, desde donde el collage era, al fin, la explicación del mundo.

Después de un rato se dio cuenta de que el disco había terminado y que el brazo golpeaba incesantemente contra el último surco. Dudó un momento si lo mejor no era dejar todo eso y apagar la luz, meterse en la cama hasta que la mañana siguiente le trajera alguna idea para salir de su inmovilidad, o al menos le permitiera llegarse hasta el bowling a tomar un Cinzano con bitter, encontrarse con alguien, hacer tiempo hasta la hora de caer a comer con los viejos. Pero miró el vaso de caña que se había servido un rato antes y pensó que no valía la pena dejarlo por la mitad, de manera que caminó hasta la pila de discos (su patrimonio, se decía, con el mismo orgullo con que otros hubieran señalado el terrenito en las afueras, o la amante) y revolvió dudando entre escuchar otra vez (por centésima, quizás en la noche) el cuarto movimiento de la *Patética* de Tchaicovsky, o un álbum de Joan Baez con baladas inglesas que acababan de prestarle. Finalmente (su espíritu de aventura) decidió por Joan Baez con miedo de desilusionarse, y lo puso sin sacar el disco que estaba debajo.

Vio por la ventana que la noche estaba tranquila y casi no pasaban autos, de modo que calculó que los últimos festejantes de Momo estarían concentrados al abrigo de los ventiladores de "Tío Paco" o por lo menos en el baile del club social, cuyos bochinches llegaban por oleadas cuando el viento se movía hacia ese lado: refugiados en la cintura o en el cuello de sus mujeres o de las ajenas, o mirándose en el fondo de un vaso de whisky. ¿Y por qué no él, por qué no haber dado curso a sus fantasías juerguistas de los doce años, a su antigua estupidez de púber con ganas y miedo de desvirgarse? Se repitió, machaconamente: "Hay muchas formas de ser feliz, puaj". Un segundo, podría ser la suya, un puente entre dos ojos, la piel de Viviana pero mucho más que Viviana, ¿la piel de qué? Solamente esos instantes perdidos, fugaces, inapresables. Puentes. Un rostro tras la ventana, y cuando se quiere mirar bien ya no hay rostro o ya no hay puente, todo ha cambiado. O un artilugio de la memoria. ¿La memoria no nos vende películas trucadas? O Viviana, antes, Viviana y él, Alberto Vivas, haciendo el amor día tras día, y una noche cualquiera (¿pero por qué esa noche y no otra?) una noche cualquiera en el primer beso, en el suspiro final, está tendido el puente hacia lo otro. ¿Pero hacia qué? Algo del cual el rostro, el cuerpo de Viviana, la sonrisa desconocida son sólo mediadores. Pero cuando uno quiere atrapar aquello, atravesando el chispazo de la sorpresa, todo se ha vuelto otra vez Viviana o rostro tras el cristal. La felicidad ("soy un adolescente, todavía no dejé de serlo", se dijo ahora irónicamente) la felicidad como instantaneidades relampagueantes, aperturas misteriosas a un objeto desconocido que se busca sin conocer las claves ni las metas, confiando sólo en aquellos segundos de luz, en aquellas intercesiones inesperadas. Pero cuando se entendía el signo, cuando se sabía al fin que aquellas eran señales, ya no había retorno posible. O acaso la memoria no era más que una farsa que uno se imponía para seguir creyendo que, aún como descubrimiento tardío, irrecuperable, esa felicidad es posible. Se movieron las cortinas, notó que empezaba a levantarse viento; la calle ya estaba sola y la luna rebotaba contra las verjas de algunos frentes.

"No sé qué hacer", pensó con fuerza, ahora. "No quiero dormirme pero tampoco sé qué hacer. ¿Por qué es preciso hacer algo, una anécdota, algo pasible de ser contado más tarde? La vida, la biografía, no es más que la reducción lamentable de un narrador aferrado a los preceptos del siglo diecinueve. No es posible vivir la vida ni tampoco perderla". Al fin, tampoco tenía importancia todo eso, simples tonterías otra vez, y se puso a mirar de nuevo la biblioteca, los siete estantes negros de chapa, los libros, el vaso con lápices, el perrito de paño, el ridículo busto de Juan Sebastian Bach, una tijera abierta, un neceser vacío con tapa de Watteau (esas cosas inútiles que regalan las amigas indecisas). Había que llenarse de poesía, pensó extáticamente ahora, llegar a los huesos con Rimbaud, cerrar los puños con Miguel Hernández, flotar a la deriva con Aimé Cesaire, gritar con Allen Ginsberg. Y después salir a la calle y arrojarlo a manos llenas, cambiar la vida de lugar, mirar la realidad desde otra vereda y dejarse atropellar por el primer auto que irrumpiera en la esquina o dejarse trompear por el primer transeúnte azorado. Estupideces de pequeñoburgués, conclusión inevitable. ¿Pero entonces qué? ¿Pegarle a la vida una etiqueta con fusiles o puños levantados, alinearla tras un slogan con Secretario General y célula tal y tal? Ya que no podía pensar en rendirse, claro está, es obvio, imposible bajar los brazos y entrar en el otro juego, meterse al río del coche y el ascenso, el bingo y la música de Roberto Carlos. ¿Qué alternativas, entonces? ¿Las vueltas mordiéndose la cola, como el perro de la historia? ¿La de Lautrec, la de Jacobo Fijman? ¿La de Artaud, la de Van Gogh, la de Maiacovski?

Si esta era la realidad, así no le interesaba, hubiese querido gritar (se contuvo por vergüenza, o quizás por la hora y los vecinos). Pero tenía que ser otra, más recóndita, alguna que estaba siendo ocultada: una realidad posible aunque fuese, una virtualidad posible de ser soñada más allá del esfuerzo o la revolución. La utopía, al menos, y no esa absurda sensación de que todo era nada más que dar vuelta el cartón y seguir llenando las casillas con una remota posibilidad de cálculo, hasta ponerse contento por hacer una línea y no darse cuenta de que todo dependía del azar, igual que siempre, y que solamente las bolillas que alguien sacaba por nosotros podían hacernos caer en la tonta ilusión (hoy yo, mañana vos, pasado mañana el jugador que se sienta enfrente) de que se acerca el final del juego, de que es posible llenar el último cartón de esa inmensa y eterna lotería. ¿Y qué, entonces? ¿Podía la simple inacción, otra mentira, otra falsa ilusión, llevarlo por algún rumbo adonde tomar al menos puntos de referencia? ¿Podía acaso vestirse de Max Ernst o de Eric Satie o de quien fuese y salir así por el día con las manos abiertas y sonriendo, creyendo que bastaba un puñado de poesía para dibujar el mundo? Idiota. Ni evaporación ni locura, ninguna de las dos y tampoco acción. ¿O sí, era precisamente acción, sólo que aún no sabía hacia dónde, y daba vueltas con sus manotazos como un enano deforme peleando con su propia sombra?

Mordiéndose la cola como el perro. Exactamente, ahí estaba la expresión ideal, la definición precisa. Y la historia corriendo como un helicoide al que había pertenecido en una de las vueltas, pero que se alejaba y lo dejaba atrás. Aunque quizás, de tanto girar y girar pudiese concebir la esperanza de encontrar un día el eje (del círculo, del helicoide, de lo que fuese, pero un eje debía existir); también el gran riesgo de marearse y encontrar el eje pero hacia abajo, coincidiendo con la línea de caída vertiginosa, y ya sin sentido perdiéndose la única, la irrepetible oportunidad de reconocerlo. El miedo a la locura. ¿Miedo, quizás, a la libertad? Pero era estúpido concebir una libertad así, la libertad por la que transitara solo, como un tipo encerrado con los demás en una cárcel y que de tanto fijar la vista en el retazo remendado de cielo que asoma por un ventanuco infame hubiera llegado a no ver otra cosa, a no desviar la vista un sólo centímetro y entonces creer que estaba afuera y bajo ese cielo, pobre idiota con su realidad inmutable mientras los demás tratan de derribar los muros para salir al cielo de verdad.

Otra vez se volvió a escuchar el sonido sordo del tocadiscos que se apagaba, y cruzó la habitación para cambiar el disco. El aire de la pieza se había estacionado renovándose apenas por la ventana entreabierta, que daba a la calle, por donde ahora empezaba a entrar una débil brisa madrugadora. Vio una araña pequeña, deslizándose hacia abajo desde el borde de uno de los estantes de la biblioteca, pendiente de su hilo invisible. La siguió con la mirada hasta que se perdió detrás de un libro, y abrió en dos con la mano derecha la pila de discos, indeciso.

En eso se oyó el rumor de un auto pequeño que avanzaba cerca de la esquina, interrumpiendo el silencio de la noche. Desde más lejos, tres o cuatro cuadras, un perro le ladró fugazmente y después el ladrido se apagó detrás del ruido del auto, hasta que también el ruido del auto fue tragado por el silencio. Volvió a dejar que la pila de discos se cerrara, retirando la mano. Dio algunos pasos más alrededor de la habitación, tanteando los muebles, y fue hasta el vaso vacío que estaba en un estante, al lado de un conejo de paño. *"Ti sei ubriaco"*, se reprochó, y entonces era verdad, cuando se pasaba con la caña o el vino le agarraba por hablar en italiano. *"E vero"*. Habría que irse a acostar, entonces, y esperar la mañana para tomarse un vaso de leche fría y que se le fuera de la boca el gusto que le quedaba siempre al levantarse después de una noche alcoholizada. "Antes era distinto, después de todo", pensó. "Qué risa el Pocho gateando por el suelo, en la casa de Enrique, con una mamurria tísica, mientras a Suárez se le caía la baba sentado en una silla hablando de Alicia. Y a las seis de la mañana todos diseminados por el piso del living, menos Cacho y Eduardo que seguían en el patio cantándole la marcha peronista a los grillitos y menos Caíto que a eso de las cuatro y media había que ponerlo cabeza abajo en el inodoro para que vomitara y después sacarle los pantalones y meterlo en alguna cama, y él protestaba sin saber lo que decía y quería hacer el cuatro. Y en medio del desdoroso cuadro que ofrecía el living con sus habitantes repartidos entre el sofá y la alfombra, el despertador gritón reforzado con una cacerola de aluminio para que nadie se despertara después de las once, porque había que dejar todo limpio antes de que volvieran de Rosario los viejos de Enrique. Ah. Todo tiempo pasado fue mejor. *Troppo bello*".

Se fue dejando llevar por su propio impulso, casi mecánicamente, hacia la cama, pasando la palma por los muebles hasta que hizo caer el vaso con lápices y se sobresaltó. "Buah, *C'est fini la nuit*", dijo, como si alguien lo estuviese escuchando, "*é finita la notte, sire, the night is finished*", y se sentó al borde de la colcha, sacándose los zapatos con un gesto de cansancio, pero como de un cansancio que no terminaba en el sueño, como un cansancio para el que no servía dormir porque mañana lo atacaría de nuevo, acariciándolo primero como un gato traicionero, susurrándole palabras al oído como una amante con un puñal escondido, como un cansancio que venía más allá de sí mismo.

Terminó de descalzarse y se sacó los pantalones tirando de las botamangas, despacio, desordenado, enredándose en los dobladillos y puteando cuando los hilos sueltos se le metían entre los dedos de los pies. Extendió el brazo hasta la llave de la lámpara y en un segundo solamente quedó el débil resplandor de la luna de verano que asomaba por las rendijas de la cortina. Todavía estuvo unos segundos más, rascándose la cabeza con interés, sentado en el borde de la cama. Al final, dejó de restregarse, descorrió de un tirón la sábana de arriba con la mano izquierda y se metió en la abertura que dejaba.

Pensó, en un rapto fugaz, que si ahora se pegase un tiro o se arrojase por la ventana (era imposible, estaba en una planta baja y hubiera sido totalmente ridículo) habría logrado un gran final, tipo cuento de Salinger. "Bah", se dijo finalmente, "¿de qué te las das, inquisidor Horacio Oliveira, absurdo Max Estrella? Vos no sos un personaje de ficción, sos de carne y hueso, aquí, sobre esta cama. Dormite (pensó) delirante Pierrot Le Fou. Vos no sos literatura". (¿Pero acaso Belmondo no había dicho en la película algo parecido?).

Printed in Great Britain
by Amazon